ʃueñoʃ de Papel y Tinta

noneysagraw.blogspot.com.es

TRAICIÓN

Un viaje inesperado

TRAICIÓN

Un viaje inesperado

Mary Martín

Sueños de Papel y Tinta

noneysagraw.blogspot.com.es

Primera edición: Junio 2014. Realizada por Editorial Circulo Rojo

Segunda edición: Febrero 2015

Depósito legal:AL 117-2015

ISBN: 978-84-606-5645-6

En esta ocasión quiero dedicar este libro a todos los soñadores, por estar siempre conmigo, apoyando, comentando, soñando... Gracias por estar ahí.

Mi mejor Amiga

Por siempre mi mejor amiga serás,

ni nada ni nadie te podrá reemplazar jamás.

Pero no esperes que lo reconozca públicamente,

jamás me debiste traicionar.

I
Un lugar en el mundo

No suelo pensar muy a menudo en aquel lapso de tiempo, a no ser que me encuentre paseando por la orilla del mar, en una cálida mañana de verano. En aquella época yo era una joven inocente llena de sueños, ilusiones y metas. Lo recuerdo como si todo aquello hubiese ocurrido ayer, pero de ello ya hace cincuenta años.

En esas cálidas mañanas, cuando la mayoría de la población duerme, le permito al alba que sepa que aún sigo con fuerzas. Luchando día a día para continuar mi camino.

Este relato empieza el día que me marché del orfanato, dieciocho años después del momento de mi nacimiento.

Todo lo que necesitaba estaba en mi maleta, saqué el chaquetón y me lo puse antes de salir al aire libre. Desde luego, hacía frío, pero las vistas desde popa eran exquisitas: la inmensidad del mar, el vapulear de las olas contra el armazón del barco, la frigidez del viento acariciando mi cara.

Seguramente, sentada frente a una ventana estaría más resguardada, pero a su vez, le arrebataría parte del encanto. A lo lejos se escuchaba la televisión de la sala, la gente emocionada cantaba las canciones del VI Festival de Eurovisión. Todos estaban con las esperanzas puestas en Conchita Bautista.

—¡Todo a babor, arriad las velas! —gritaba el capitán, con una mezcla de angustia y desesperación.

Ansiedad, descontrol, agobio, incertidumbre, malestar, miedo... Todo esto y mucho más se respiraba en el ambiente. Me sentía bastante asustada, pues la gente no estaba guardando la compostura. Refugiarme en una zona poco transitada tampoco era de mucha utilidad.

—Por favor, mantengan la calma, no se empujen unos a otros —vociferaba uno de los trabajadores.

Con mucha paciencia y organización, los empleados intentaban subir a la gente a los botes salvavidas. La incertidumbre consiguió apoderarse de algunos pasajeros, que presos por el pánico no guardaban el orden impuesto por los jornaleros, querían ser los primeros en salir y para conseguir su objetivo, golpeaban a todo el que encontraban a su paso.

No pude evitar angustiarme, sentía cómo la impotencia, el temor y el desasosiego se iban apoderando de mí. La situación empeoraba por momentos, creando un ambiente de pánico y tensión, inquietud constante, inseguro... Poco a poco empecé a abandonarme en mis pensamientos, me atrapaban y me perdía en un profundo e intenso abismo de inseguridad y angustia.

Comencé a recordar los años en el orfanato y la soledad empezó a inundar mi corazón, sentía que me ahogaba, no podía respirar. La necesidad de correr se apoderó de mí, necesitaba alejarme de la tripulación. Sin que nadie se diese cuenta, regresé a mi camarote, en los bolsillos de mi chaquetón guardé el dinero y la documentación.

Respecto al resto de mis cosas, no me quedó más remedio que abandonarlas. Me apresuré a salir. Una vez

en cubierta vi que solamente quedábamos el personal y yo. El capitán al verme, se quedó pálido, me regañó y, junto con parte de la tripulación, subí en un bote. Mientras que él y su plantilla echaron un último vistazo para asegurarse de que no quedaba nadie más.

Mientras la pequeña embarcación navegaba rumbo a la costa, eché un último vistazo atrás, desde luego las vistas que unas horas antes me parecían exquisitas, en ese momento las sentí escalofriantes. Ver como el azote de las olas va hundiendo un barco tan inmenso no resulta nada grato.

Cuando por fin llegamos a tierra firme, sentí un gran alivio, pero estaba tan nerviosa que las piernas me fallaron y me desplomé contra el suelo. Esperaba que alguien, al verme caer, se acercase a mí, pero ni siquiera me miraron.

Con las pocas fuerzas que aún albergaba mi cuerpo, me senté y me descalcé. La sensación que me provoca la arena al colarse por todos los resquicios, me resultaba realmente molesta, así que no tardé en limpiarme lo mejor que pude, y volví a calzarme. Mi ropa mojada y mis pertenencias estaban dentro de un barco hundido en el mar.

Caminé durante horas en busca de una tienda para poderme cambiar y así evitar un constipado. Después de un largo rato andando, entré en una tienda de aspecto humilde y sencillo, en la cual me atendió una señorita un tanto desagradable. Ella me gritaba y me zarandeaba de un lado para otro, hasta que me sacó de la tienda.

Un anuncio sobre la ventana de una pequeña cafetería, hizo que me parara a pensar. Tras unos segundos debatiendo conmigo misma, entré decidida a preguntar por el puesto de trabajo.

El local no era muy luminoso, la tapicería de los taburetes estaba algo raída y había cuatro mesas cuadradas con dos sillas por mesa. No vi ni un solo cliente, por lo que no entendía la necesidad de contratar a más personal. Una señora salió de lo que parecía ser la cocina y me miró de arriba abajo estudiando mi aspecto.

—Disculpe, señorita, hoy no abrimos hasta el mediodía, estamos algo escasos de personal y no podemos atender antes a los clientes.

Un tanto apurada por la cantidad de trabajo que tenía por realizar, se dio la vuelta para dirigirse a la cocina.

—Entré porque estoy interesada en el puesto de trabajo —dije a sus espaldas de forma apresurada.

Durante largo rato estuvimos hablando, la entrevista me resultó algo pesada, pero finalmente obtuve lo que quería. Además, la señora me aconsejó una posada cercana con buenos precios donde poder quedarme a dormir.

La posada que me había recomendado Livi era un lugar lleno de polvo, donde la pintura se caía de las paredes; aunque la recepción era bastante amplia y luminosa, su recepcionista me resultó muy agradable.

No tenía mucho dinero, pero como los precios eran tan bajos, pude pagar tres meses por adelantado. Una vez me cobró y me dio mi recibo, me pidió que la siguiese para indicarme el que iba a ser mi cuarto.

Sin lugar a dudas ese hostal estaba ruinoso y necesitaba un buen arreglo. Una vez habíamos arreglado todo, la señora me guió por un largo pasillo que se encontraba peor que la recepción. El pasillo era estrecho, la iluminación era escasa, la ventilación nula y la decoración inexistente. Se paró delante de una puerta, la abrió y tras darme la llave, agradecí su hospitalidad y me dispuse a investigar el dormitorio.

La habitación era acogedora, a pesar de encontrarse sucia y en malas condiciones. Nada más entrar, a mano izquierda se encontraba el baño, a la derecha había un armario, también vi la cama y enfrente una pared de madera, a cuyo lado se encontraba una estantería donde descansaba una televisión. Justo donde se encontraba la caja tonta, vi ranuras en suelo y techo como para deslizar algo, así que no tardé en empujar la pared de madera, descubriendo tras la pared una pequeña cocina eléctrica.

En cuestión de media hora llamaron a la puerta. Al abrir vi a una chica joven cargada de ropa, apoyada en un carro, esperando mi salida de la habitación.

—Hola, soy Lucía, encargada de mantenimiento. La jefa me ha dicho que esta habitación está ocupada, así que aquí estoy con la cesta de bienvenida. — Sin decir nada, me quedé pensando en la cesta de Bienvenida de la que me hablaba. ¡No la veía!

—Bueno, bueno, veo que no tienes mucho sentido del humor. No pasa nada, pero agradecería que me permitieras pasar a la habitación, esto pesa. —Comentó la chica un poco más sería.

Me aparté de la puerta y le hice un gesto para que entrara. Después, la cerré.

—Discúlpeme por mi grosería, no esperaba ninguna visita, estoy mojada y muy cansada.

—Tranquila, no tiene importancia. Bueno, a lo que venía. Livi te manda este uniforme. La jefa te manda unos útiles de limpieza, toallas, albornoz, sábanas y mantas. Más tarde te traeré unos edredones, todavía no están secos.

—Gracias, ¿sabe dónde puedo lavar la ropa?

—En el sótano tenemos una lavandería, puedes usarla siempre que lo necesites. —Lucía se marchó rápidamente de la habitación.

Limpié, me bañé y descansé durante largo rato. Con la ropa ya seca y las pilas cargadas, me dispuse a buscar a Lucía lista para conocer un poco mejor el lugar.

2

Una esperanza para continuar

Después de un mes en mi nuevo hogar, el tiempo empezó a empeorar. Con mi lista de la compra en la mano, medio emborronada por la lluvia, me fui a la tienda y aunque intenté evitarlo, terminé empapada.

Una vez terminé, me dispuse a salir corriendo, con la esperanza de que no me faltase tiempo para cambiarme de ropa e ir a trabajar. Justo en el momento que me disponía a abandonar el local, tropecé con una chica que estaba entrando con tan mala suerte que termine haciéndola caer en un charco y la chica quedó totalmente embarrada de pies a cabeza. Me disculpé con ella, sentía realmente todo lo que había sucedido. Para mi sorpresa, la chica se lo tomó muy bien.

Durante unos minutos estudié su aspecto disimuladamente. La chica debía de medir un metro y

cincuenta centímetros aproximadamente. Tenía el pelo corto, de un negro azabache precioso, liso y suave como la seda. Llevaba unos vaqueros ceñidos con un top de color rojo. La chica me pareció muy misteriosa y con lo delgada que estaba perfectamente podría ser una modelo.

—Me llamo Drella, ¿y tú? —Dijo tendiéndome la mano.

—Abril, soy Abril —respondí ofreciéndole una amplia sonrisa a la vez que le tendía mi mano.

—Un placer conocerte, ¿sabes dónde me podría asear un poco y cambiarme esta ropa? Es que no soy de por aquí. —Al terminar ella esbozo una gran sonrisa.

El sentimiento de culpabilidad me inundaba, por mi error la pobre Drella estaba empapada y podía pillar un catarro. No lo pensé ni un segundo y la invité a casa. Aún hoy en día sigo sin comprender por qué me fie tanto de ella si no la conocía de nada. Parecía muy buena persona, su comportamiento era francamente agradable, tenía un algo que me impedía desconfiar. Físicamente me recordaba a Susana mi mejor amiga del orfanato.

Fuimos en su coche hasta la posada, donde mientras ella se aseaba, yo me cambiaba para ir al trabajo. Le ofrecí quedarse en lo que yo volvía de trabajar, pero en vez de eso me acercó en su coche para que no llegara tarde.

En una mesa apartada y casi en penumbra Drella pasó

toda la tarde, esa chica misteriosa sacó un libro de su bolso y pidió un café. Esa actitud empezó a impacientarme y aunque mi intuición me advirtió sobre ella, decidí no hacerle caso.

El aroma a lavanda y hierbabuena me hizo bajar de mi nube y centrarme en cocinar. Por suerte nadie se había dado cuenta de que andaba perdida en mis pensamientos.

Una vez que la clientela se redujo, regresé a mi habitual puesto de trabajo: servir mesas y limpiar. No es que me resultara el mejor trabajo del mundo, pero me permitía pagar las facturas.

Mientras limpiaba una mesa, observé detenidamente a Drella. Me parecía callada y tenía más o menos mi edad. Sin levantar la vista de su libro, tomaba su café con tostadas. Desde mi posición, no pude observar el título de ese libro. Ella, parecía inmersa en su lectura.

Tres horas más tarde, Drella se levantó de la mesa, pagó su consumición y se marchó sin ni siquiera decir adiós. Una vez que terminé mi jornada, me marché a pasear un rato por los alrededores.

A las afueras del pueblo todo era hermoso: los campos verdes invitaban a tumbarse sobre ellos y observar el atardecer, el aroma de las flores provocaba una gran sensación de relax y confort. A pesar de que la lluvia no cesaba, tumbada en esos verdes prados me sentía muy a gusto y relajada.

Al caer la noche, sentía como si las extremidades de mi cuerpo se hubieran adormecido. Con rumbo fijo hacia la posada, caminé con la sensación de relax y desasosiego de hacía unos momentos.

En medio de la oscuridad, vislumbré una confusa silueta. Al acercarme vi que era Drella, así que me aproximé un poco más hasta ella, consiguiendo que me echara una mirada fulminante. Por un momento decidí pasar de largo, pero el cargo de conciencia no me permitía marcharme sin más, así que regresé sobre mis pasos.

—¿Por qué te portas así conmigo cuando no he hecho más que intentar ayudarte? Cuando te tiré al charco sin querer pareció que no te molestó.

—Perdona, no he tenido un buen día. No es tu culpa, tienes razón. Lo que pasa es que en la posada no me dan sitio y me va a tocar pasar la noche en el coche.

—Bueno… —Mi conciencia siempre había podido conmigo. —Si quieres puedes quedarte en mi habitación. No es muy grande, pero al menos estarás más cómoda que en el asiento de tu auto.

—Si no es mucha molestia… me encantaría.

Caminando decididamente en nuestra dirección, se acercaba la dueña de la posada con la mirada encolerizada y fija sobre Drella. Se paró ante nosotras y, sin vacilar ni un solo instante, empezó a hablar.

—Te he dicho hace un momento y te repito: para ti no hay habitación en este establecimiento. —Comentó la propietaria de la posada proporcionándonos una acogida gélida.

—Tranquila, es mi amiga y pasará la noche en mi habitación. —comenté en tono conciliador con la esperanza de conseguir destensar un poco el ambiente.

—He dicho que esta muchacha no duerme aquí. — reiteró tajantemente.

—Pues lo siento mucho, pero pasará la noche en mi habitación, tengo todo el mes pagado y no me puedes prohibir que tenga visita. Y una de dos, o me echas a mí también, claro, con mi dinero de vuelta y mi correspondiente indemnización, o subimos a dormir.

—De acuerdo, si es tu decisión, pasado el tiempo que tienes pagado, os quiero a las dos fuera de mi establecimiento.—Dicho esto se marcho.

Sin más preámbulos y con paso decidido, subimos las escaleras hacia mi habitación me sentía tan enfadada que, si hubiese podido, habría destrozado toda la posada y no habrían quedado de ella ni los cimientos. Al darme la vuelta vi que Drella estaba un poco apenada, pero me sentía tan ofuscada en ese momento que no quería hablar con nadie.

Durante un buen rato me mantuve en silencio y se

respiraba un ambiente un poco tenso.

—Gracias, no me conoces de nada, pero aún así me ayudas.

—Despreocúpate, me pareces buena persona y no creo que sea justo que pases la noche en la calle porque una vieja loca no quiere que duermas en uno de sus cuartos que encima están llenos de mierda.

Con el coraje aún en el cuerpo, junté todas las cosas que me había prestado la dueña de la posada y bajé las escaleras a toda prisa. Al comienzo de la escalinata, la encontré limpiando los muebles que estaban aquí y allá a lo largo del pasillo.

Al verla le dirigí una mirada cargada de ira y rabia, ella apartó los ojos. Continué bajando las escaleras y dejé todo lo que me había prestado sobre uno de los escalones. Sin mediar una sola palabra regresé a mi habitación.

3
Nuevas amistades

Por norma general tengo costumbre de despertar después de escuchar el despertador. Pero en esta ocasión gracias al aroma a: Tostadas, tortitas, leche hervida... y un hambre voraz, terminé despertando a horas intempestivas. Drella había preparado el desayuno, lo que me pareció un bonito detalle por su parte.

—Buenos días, ¿dormiste bien en el sofá?

—¡Sí Gracias!. Es bastante cómodo —Dijo Drella mostrando una gran sonrisa mientras seguía preparando el desayuno.

—¿Cómo te has despertado tan pronto?

—Quería agradecer tu amabilidad preparándote el desayuno. Además estoy acostumbrada a madrugar —Me ofreció una sonrisa. Tras carraspear, lanzó una pregunta

muy directa —El mes que viene ¿nos iremos juntas o cada una por su lado?

—A mí me da igual, si quieres podemos viajar juntas. —Dije mientras devoraba unas tortitas.

—Por mí estaría genial —añadió entusiasmada a la vez que se sentaba en la mesa para desayunar.

—Vale, pues en eso quedamos, pero ahora me tengo que ir a trabajar.

En la chimenea el fuego chisporroteaba lentamente. El viento abría y cerraba la puerta principal, mientas el bullicio de las conversaciones se mezclaba. Intenté ser agradable y sonreír, pero esas miradas lascivas me impedían poner buena cara. La impotencia por no poder defenderme brotaba por cada uno de mis poros. Livi había cargado demasiado la bandeja con la que yo atendía las mesas, por lo que sentía que el brazo no iba a aguantar tanto peso.

Mientras estaba dejando todo sobre la mesa tres, Carlos, uno de los clientes situado en la dos, muy conocido en el pueblo por sus escarceos amorosos, me tocó el culo sin ningún miramiento. No pude aguantar tal acoso, me giré hacia él cabreada y comencé a gritarle. Livi caminó directa hacia mí echa una furia.

—Pero niña, ¿qué te crees que estás haciendo? —me gritó muy nerviosa —Tienes que respetar a mis clientes y

ser más amable con ellos.

—Que me respeten ellos primero, que sean clientes no les da derecho a nada sobre mi persona. Y que yo sepa, este no es un bar de tetas, ¿o sí? —Estas palabras las dije de tan mal humor que Livi me lanzó una mirada cargada de rabia.

—¡No, por supuesto que no! Este es un local decente, pero nada te da derecho a tratar mal a uno de mis clientes. —Dijo Livi intentando hablar relajadamente.

—Si así están las cosas, quédate con tu cliente, yo me largo de este local.

—Niña, tienes un contrato que cumplir conmigo.

—Me da igual, señora. Tengo mi dignidad, y eso ni se compra ni se vende.

Dicho esto, me marché del bar sin esperar una respuesta por parte de Livi. Caminé hasta las afueras del pueblo. Durante largo rato estuve tumbada sobre la hierba, con la mente en blanco, sin pensar en nada. Ya más tranquila, me marché a casa.

Sumergida en mis pensamientos, sin advertir hacia donde iba caminando, terminé por llegar a la propiedad de Carlos, el cliente por el que había perdido mi trabajo.

No sé ni cómo ni cuando se acercó, me puso un pañuelo en la boca y me atrapó entre sus brazos,

haciéndome imposible escapar, a pesar de que estaba usando todas mis fuerzas para ello.

Desconozco cuánto tiempo estuve inconsciente, ni qué sucedió durante ese lapso de tiempo. Solo sé que desperté en una habitación, amordazada y amarrada. Él estaba sentado en una silla observándome.

—Al fin despiertas, mi amor.

No dije nada, ni siquiera lo miré, pero sus ojos de psicópata me provocaban un inmenso terror. Se acerco a mí, sujetó mi cara entre sus manos y me obligó a mirarlo. Lentamente me quitó la mordaza y me soltó. Intenté escaparme de nuevo, pero al acercarme a la puerta estaba cerrada con llave.

Su risa descontrolada me ponía muy nerviosa y me asustaba.

—¿Pensaste que te ibas a escapar? —dijo sonriendo a la vez que se quitaba el pantalón.

Tiró fuertemente de mi brazo, me empujó contra la cama y se echó sobre mí. Rasgó mi camisa y desabrochó el pantalón. Forcejeé y grité con todas mis fuerzas, le di una patada que momentáneamente me permitió alejarlo de mí. Acto seguido le fui lanzando todo lo que tenía a mano, afortunadamente logré golpearlo y dejarlo medio aturdido.

Aproveché para intentar escapar por la ventana, sin

vacilar un solo instante salté a pesar de que me encontraba en un segundo piso. Al llegar al suelo, noté como mi tobillo se fracturaba, caí al suelo dándome de bruces y sufrí varios rasguños.

Sin hacer caso al dolor, corrí lo más rápido que pude hasta que llegué al pueblo. Allí me encontré con Drella.

—¿Qué te ha pasado? —Dijo mi amiga asustada.

—Carlos ha intentado violarme, he escapado por poco, pero creo que me he roto el tobillo.

Sin poder parar de llorar, me dejé guiar por Drella. Fuimos a la posada, me cambié de ropa mientras ella recogía nuestras cosas. Juntas nos fuimos al coche, me llevó al hospital y una vez que me revisaron, tuve que ir a la comisaría a poner la denuncia.

Al salir decidimos marcharnos del pueblo, el momento había llegado. Me despedí con nostalgia de todo aquello: los verdes prados, los frondosos árboles, las humildes casas...

—¿Por qué viniste a este pueblo? ¿Fue por algo en especial? —le pregunté durante el viaje.

—Pues ni sí, ni no. Vine huyendo de Alejandro, mi ex-novio.

—¡Huyendo! ¿Por qué? ¿Es que es un tipo peligroso?

—No, pero discutimos porque es muy celoso. No quiere que vea a nadie, no le gusta que salga sola a la calle, ni que tenga amigos... En un principio lo llevaba bien, pero cuando me ordenó hacer las maletas porque nos marchábamos a vivir a Argentina sin importar lo que yo quisiera, la gota colmó el vaso y me largué.

—¿Y no sabes por qué motivo se comportó de ese modo tan de repente?

—No. Como te digo, no dio explicaciones, se limitó a dar órdenes.

—¿En qué trabaja tu ex-novio, si no es demasiado preguntar?

—Es cantante pop. Es muy famoso en México, pero en el resto del planeta casi no lo conocen.

—Tienes alguna foto para ver si me suena? Soy aficionada a las telenovelas, así que quizás…

—Sí, claro, mira. Es muy guapo, pero también es muy imbécil.

—Claro que lo conozco. Salió en una de mis telenovelas favoritas —Le devolví la fotografía.

—¿Y a ti qué te trajo a este pueblo?

—El destino, vivía en un orfanato. Cuando llegué a la mayoría de edad me echaron a la calle. Con el dinero que había logrado conseguir, me subí a un barco que me debía

de haber llevado al Reino Unido, pero hubo un accidente y terminé aquí.

—¡Vaya! Tu vida tampoco ha sido fácil.

—No

4
Viento primaveral

Veinte días más tarde la temperatura empezó a subir, se visualizaban los primeros brotes, lo que indicaba que la primavera se acercaba. En breve, todo estaría lleno de color y fragancia. Realmente había sido una pena tener que abandonar el pueblo, nos perderíamos la floración de todas las plantas de aquella zona.

Nosotras aún seguíamos nuestro viaje en coche, sin terminar de decidirnos por ningún pueblo en concreto. Pero tenía la esperanza de que el próximo sitio en el que paráramos fuese todo tan bello como en ese lugar, con la diferencia de que esperaba que todo nos fuera mejor.

Cerca de las dos del mediodía llegábamos a un bar de carretera. El lugar era bastante bonito y estaba todo

decorado con preciosas flores frescas, colocadas en unos jarrones muy sencillos, pero a su vez elegantes.

De pronto Drella me gritó:

—Abril, mira, es Andy —Intenté calmarla y le pregunté quién era ese chico. Ella me contó que Andy era un amigo de la infancia, del cual siempre había estado enamorada en secreto.

—Fue mi primer amor —comentó con muchísima dulzura en cada una de sus palabras.

Desde la distancia los observé detenidamente y la verdad es que todos tenían un aspecto bastante extraño.

Él estaba hablando con otros chicos, de los cuales uno me llamaba especialmente la atención. Era muy diferente a los demás, al menos eso creí yo. Físicamente me atraía muchísimo esbelto, labios carnosos, medía un metro y setenta centímetros aproximadamente, pelo castaño oscuro...

Mientras tanto, Drella me estuvo contando cosas que habían vivido juntos. Entre otras, el por qué nunca se había atrevido a confesarle su amor. No estoy orgullosa de haber ignorado la mayoría de las anécdotas que mi amiga narraba pero en ese momento mi mente analizaba el aspecto de ese chico por el cual me estaba sintiendo atraída.

—En el pasado lo intenté, pero ocurrieron varias cosas que me impidieron llevarlo a cabo un grupo que había montado con unos chicos del barrio y les llegó el estrellato de repente. Lo segundo y más importante, es que en una rueda de prensa dijo que aunque había muchísimas chicas enamoradas de él, solamente le interesaba una a la que no podría tener jamás —me relató con la amargura reflejada en el rostro.

—¿Y si esa chica fueses tú? —pregunté intentando animarla sin éxito alguno.

Ella no negó que cabía la posibilidad, pero también dijo que no había visto ningún indicio que se lo pudiese confirmar.

—¿Qué haces aquí, Drella? —preguntó Andy, bastante sorprendido y me atrevería a decir que hasta un poco molesto.

En ese momento me quedé a una distancia prudencial aunque realmente escuchaba toda la conversación. Veía el rostro de sorpresa de todos los presentes pero el de mi amiga no lo pude apreciar.

—Terminé mi relación con Alejandro, lo nuestro no funcionaba, regresé a España y conocí a Abril. —Drella indicó que me acercase. Él me observaba desconfiadamente, conforme me acercaba.

—Abril me ha ayudado muchísimo en durante todo este tiempo.

—Gracias por ayudar a mi amiga. Nunca voy a tener cómo poder pagarte el gran favor que le has hecho.

—Despreocúpese, no me debe nada, la he ayudado muy gustosamente y sin esperar nada a cambio. Es muy buena chica y, la verdad, si tuviese que seguir ayudándola en lo que fuese, lo seguiría haciendo sin dudar. Pero ahora ya va siendo hora de comer y creo que deberíamos ir dentro para que nos puedan atender.

—Claro, pero me van a permitir, señoritas, que yo las invite.

—No puedo dejarle que lo haga, disculpe pero yo a usted no le conozco y, como bien le he dicho anteriormente, no me debe nada. Pero si mi amiga quiere que la invites a ella, yo ahí no me meto.

—Por favor, acéptalo, como adelanto de una ayuda que os quiero pedir a las dos.

Después de un largo rato debatiendo, terminé por aceptar la invitación, pues no me dejaron más remedio.

—Disculpa Abril estoy siendo muy descortés al no presentarte a mis acompañantes. —Comentó Andy sonrojándose ligeramente.

—No te preocupes ha sido sólo un pequeño despiste

—Dije intentando quitar un poco de hierro al asunto.

—Empezando de derecha a izquierda el primero que tenemos es mi hermano Tomás dentro del grupo se encarga de la batería. Junto a él se encuentra Cristian es el guitarrista. —en este momento mi corazón se aceleró y noté como el nerviosismo aumentaba. En segundos conocería su nombre. — Por último tenemos a mi primo Gustavo nuestro relaciones públicas y el mejor mánager del mundo.

Con una sonrisa y muy emocionada les cometé:

—Encantada de conoceros yo soy Abril —creo que lo más apropiado habría sido acercarme a cada uno de ellos pero no me veía capaz. —Andy dentro del grupo ¿Qué haces tú?

—Soy el bajista y cantante. Drella por lo que veo a tu amiga no le has hablado mucho de nosotros. —Comentó con una sonrisa picara.

—¡Nos vamos a comer! —Dijo ella como si no hubiese escuchado la palabras de Andy.

Al finalizar la comida, nos pidió que subiésemos a un autobús. Por fuera parecía un bus cualquiera, pero por dentro era como una caravana.

A Drella se la veía muy feliz y eso me alegró mucho. Subimos a él nos invitaron a tomar asiento para que

estuviésemos cómodas, después se marcharon de la pequeña sala y se ausentaron unos minutos.

—Abril, sé que te va a sonar algo extraño, pero sé qué es lo que Andy nos va a pedir y me encantaría que aceptases. Me harías un favor y jamás tendría forma de pagártelo.

—Pero ¿qué nos va a pedir?

—Es que Andy y los demás formaron su grupo de música hace poco y seguramente quieren la opinión de algún tema en particular. Cuando empiecen a cantar no entenderás nada porque lo harán en alemán, pero por favor, solo te pid…

Por suerte para mí, el chico terminó de hablar con sus amigos y cortó nuestra conversación, por lo que no me vi obligada a hacer nada que no quisiera. En una silla se sentó un chico del grupo con una guitarra y Andy colocó otra para sentarse él.

—Este es un tema compuesto solo con una guitarra y las letras de la canción.

El chico empezó a cantar y, tal y como había dicho mi amiga, no entendía nada en absoluto. Drella parecía emocionada. Dirigí mis ojos hacia él, posiblemente también estaba enamorado de ella, ya que no paraba de mirarla dulcemente. Ella lo observaba con dolorosa

fascinación, mientras él cantaba.

Sin atreverme a decir nada por miedo a meter la pata me dediqué a observarlos. Drella estalló en lágrimas y balbuceó algo que no alcancé a escuchar por completo, pero me enteré de lo necesario:

—Yo también te quiero —dijo con una sonrisa en los labios.

De pronto fue como si la temperatura hubiese bajado, un silencio largo casi eterno cortaba el aire. La tensión empezó a respirarse en el ambiente hasta que Andy se levantó nervioso y valientemente dijo:

—¿Quieres ser mi novia?

Y de nuevo volvió el silencio. Yo estaba como un flan. Andy permaneció sentado observándola muy atentamente y esperando ansioso su respuesta. Drella no conseguía decir ni una sola palabra. La tensión en la cara de todos empezó a ser más intensa todavía.

Los nervios de Andy lo llevaron a levantarse. Se arrodilló frente contra frente y la tomó de las manos. Mi amiga empezó a relajarse ligeramente. Me levanté de su lado para dejar espacio a Andy, pero él continuaba inmóvil frente a ella, como intentando crear un ambiente íntimo.

—Como siga callada a mí me va a dar algo. Y ahí está mi hermano, aguantando arrodillado a que abra la boca.—

dijo Tomás angustiado.

—Tomás, yo también estoy muy nerviosa, no sé qué le pasa, pero no consigue hablar. Quizás deberíamos irnos y dejarlos solos. —dije sin perder las esperanzas.

—A lo mejor tengas razón y deberíamos dejarlos a solas. De todos modos, ya nos contarán luego qué pasó —dijo Gustavo dándome la razón a la vez que me regalaba una hermosa sonrisa.

5

El amor llama a tu puerta

Nos levantamos todos con la intención de dejarlos solos, necesitaban intimidad.

—Te amo, cariño y por supuesto que quiero ser tu novia —unas palabras muy esperadas que nos provocaron una oleada de risas.

El ambiente comenzó a relajarse, notaba como la tensión desaparecía, poco a poco el ambiente se destensaba y la risa lo inundaba todo con su alegría. Andy, muy nervioso, la abrazó mientras los demás seguíamos rumbo a la calle. Bastante nerviosos, entusiasmados y sobre todo, muy contentos estuvimos charlando a la espera de que viniesen a buscarnos.

Casi dos horas más tarde aparecieron invitándonos a

subir al autobús y explicarnos lo que habían estado hablando

—No sé si estaréis o no de acuerdo, pero hemos decidido algunas cosas y como vosotros estáis implicados queremos hacéroslas saber. —comenzó a decir Andy. —En primer lugar, como sabéis, Drella aceptó mi propuesta y ahora somos novios. —Andy continuaba hablando mientras mostraba una espléndida sonrisa —Por eso nos encantaría pasar juntos todo el tiempo posible. —Comentó Andy al mismo tiempo que con sus brazos rodeaba a mi amiga. Ella no comentó nada pero nos dedicó una sonrisa nerviosa y se ruborizó ligeramente.

—Por favor, hermano ve directamente al grano y no te andes con muchos rodeos, que ya nos conocemos —comentó Tomás ansioso y muy serio, sin parar de mover las manos.

—Llevamos mucho tiempo enamorados el uno del otro sin saberlo, por lo que hemos pensado irnos ya a vivir juntos, en cuanto terminemos la gira. Queremos intimidad, así que, hermano, hay que respetar algunos espacios de la casa. —Prosiguió Andy con sus aclaraciones.

Las risas y los murmullos inundaron el lugar. Cuando por fin se volvió a hacer silencio terminaron de comunicarnos el resto de decisiones, una de las cuales me incumbía a mí: irían a vivir a Los Ángeles y me ofrecieron irme con ellos, pero rechacé la oferta.

En el mismo momento en que ella dijo que lo quería, supe que nuestros caminos iban a separarse y que yo tenía que continuar mi viaje por una ruta diferente.

Una vez que terminaron con todas las aclaraciones, festejamos el feliz noviazgo hasta altas horas de la madruga. Cantamos y bebimos hasta tal punto que algunos se emborracharon. Cansada, me senté en el sofá donde vi como Andy y Drella se quedaban dormidos abrazando el uno al otro. Lentamente, mis propios párpados empezaron a cerrase, sucumbiendo al cansancio.

A la mañana siguiente, cuando desperté me dolía cada centímetro de mi cuerpo. Todos se encontraban profundamente dormidos excepto Drella.

Me acerqué a ella para hablar a solas.

—Drella tengo algo que contarte. —Le dije lo más bajo que pude para no despertar a los chicos —¿Podemos salir fuera?

—Vale —Comentó ella muy sería.

Al salir sentí bastante frío pero no hice mucho caso. Drella en cambio se puso una chaqueta antes de salír. Ambas nos sentemos en el suelo.

—¿Qué es lo que me tienes que contar? —Preguntó mi amiga incapaz de contener su intriga.

—No quiero prolongar demasiado tiempo la despedida

—En este momento dejé de hablar al ver reflejado en el rostro de mi amiga la inmensa tristeza que sentía. —Hoy mismo nuestros caminos se separarán.

—Pero ¿Por qué tan pronto? — balbuceó ella entrecortadamente —No tienes por qué irte tan rapido no hay ninguna prisa.

—Nunca me gustaron las despedidas por eso prefiero ir hoy mismo al pueblo, buscar un alojamiento y quedarme por aquí una temporada —Le dije con la mayor decisión que fuí capaz de encontrar y seguidamente miré al suelo para esconder unas lágrimas furtivas que amenazaban con salir.

—Vale. Será como tú quieras pero al menos me tienes que permitir que te acompañe.

—Como quieras pero no es necesario. Me las puedo arreglar sola. —dije con seguridad y decisión a la vez que levantaba la mirada del suelo.

—Claro que es necesario sino te acerco ¿cómo piensas llevar todas tus cosas? Además me quedo más tranquila si te acerco y pasamos un rato más juntas. — cambiando el semblante de triste a muy seria comentó —Ya no te volveré a ver más así que permite me esto al menos. — Como es normal al salir nos encontraron pero en ningún momento esperaron que nosotras estuviésemos sentadas en el suelo.

—¿Qué hacéis chicas? —Preguntó Tomás muy intrigado.

—Charlar mientras esperamos que vosotros despertáis —Dijo Drella.

—Claro que nos volveremos a ver. No te preocupes por eso esto no es una despedida es un hasta luego —dicho esto me levanté, entré en la caravana busqué papel y bolígrafo en mi bolso y regresé nuevamente junto a mi amiga. Ella sin entender bien me miraba mientras yo escribía.

—No quiero quitarte la ilusión pero yo no estoy tan segura de eso como tú.

—Toma —Dije tendiéndole el papel en el que momentos antes estaba escribiendo —Es mi correo electrónico puedes escribirme siempre que quieras así nos mantendremos en contacto y seguro que nos volveremos a ver.

Cuando todos despertaron y se percataron de nuestra ausencia salieron a la puerta. Como es normal al salir nos encontraron pero en ningún momento esperaron que nosotras estuviésemos sentadas en el suelo.

—¿Que hacéis chicas? —Pregunto Tomas muy intrigado.

—Charlar mientras esperamos que vosotros despertáis

45

—Dijo Drella.

—¿Porque nos estáis esperando? —Comento Cristian a la vez que se sentaba junto a nosotras.

—Me voy a quedar en este pueblo y no quería irme sin antes despedirme de todos —Comenté mirando a Cristian pero seguidamente no puede evitar buscar con la mirada desesperadamente a Gustavo.

—¿Por qué tan pronto? —Comentó él a mi espalda. En ese momento me volví para mirarlo y me sentí aliviada al ver su rostro. Pero al fijarme y ver su tristeza se me desgarraba el corazón.

—Para que prolongar algo que es inevitable.

Después de mis palabras nadie más se atrevió a comentar nada más. Juntos nos marchamos a desayunar. Fue un momento muy tenso y triste. Nadie hablaba, todos se limitaban a comer y de vez en cuando me miraban de reojo intentando que yo no me diese cuenta. Al terminar nosotras fuimos al pueblo más cercano que era donde tenía previsto quedarme por una temporada, pero no encontré alojamiento, así que volvimos con los chicos.

Al regresar mi amiga les contó lo sucedido, lo cual les alegró mucho y aunque a mí no me hizo mucha gracia intente tomármelo con optimismo.

—Si no os importa, ¿podría acompañaros hasta el

próximo pueblo? —pregunté a todos.

—Nosotros encantados de estar en compañía de una joven tan hermosa como tú. —Comentó Gustavo con una sonrisa de victoria.

No pude evitar ruborizarme y todos lo notaron. Sinceramente, no sabía que tenía ese chico que tanto me atraía. Junto a él era como si el tiempo se parara y todo me resultaba maravilloso, pero cuando no estaba el tiempo se hacía eterno y para mí se estaba convirtiendo en un verdadero suplicio.

Cuando terminaron las bromas todos nos fuimos a comer. Me sorprendió ver lo bien equipado que estaba el lugar, no resultaba muy amplio a causa de sus reducidas dimensiones pero tenía tantas comodidades como se pueden tener en una casa convencional.

Gustavo no paraba de mirarme lo que me hacía dudar de si debía irme o quedarme, pero no podía decidir eso a la ligera. En ese momento ni yo misma entendía mis sentimientos pero lo que si tenía claro es que no podía sacar a ese chico de mis pensamientos.

Me sacudí esos pensamientos de la cabeza, pero no podía evitar preguntarme qué iba a hacer con mi vida. Tras unos segundos absorta en mis pensamientos, Drella llamó mi atención.

—Abril, ¿me acompañas al baño?

—Vamos —dije a la vez que me ponía en pie.

Nos marchamos juntas y nada más llegar Drella no se anduvo con rodeos.

—Abril, ¿te estás sintiendo atraída por Gustavo? —Al escuchar estas palabras, me quedé desconcertada.

—No —le dije sin pensar, aunque realmente no tenía clara la verdadera respuesta.

—Creía que te sentías atraída por él —comentó Drella aliviada.

Mientras tanto me limité a sonreír y ella comenzó a hablar de Gustavo. Me contó que él era el novio de su prima Mónica y que tenían una hija en común, Silvia, una niña alegre y muy tierna.

—Puedes quedarte tranquila, no estoy enamorada ni de Gustavo ni de nadie —le dije con la esperanza de que cambiase de tema, pero sinceramente sentía que no estaba siendo totalmente sincera.

Escuchar las palabras de mi amiga y replantearme la situación me causó un profundo dolor. El sufrimiento comenzó a matarme por dentro, mientras de cara a la gente intentaba mantener el tipo. La noticia me quemaba el corazón y me desgarraba por dentro.

Para evitar que mi amiga notase mi mal estar y

relajarme un poco dije:

—¿Te importaría salir un momento del baño?, me gustaría usar el inodoro —Le regalé una pícara sonrisa intentando evitar sospechas.

Ella salió del baño y me esperó junto a la puerta. No sabía cómo había podido llegar a pensar en algún momento que un chico tan guapo se podría haber fijado en alguien como yo. Sin temor a dudas, ahora veía que solo había querido ser simpático. Después de un rato debatiendo conmigo misma, tuve que aceptar que estaba enamorada de él como una tonta.

Enamorarme me había costado un segundo, una sonrisa, una palabra… pero olvidarle no iba a resultar tan fácil y no estaba segura de si iba a conseguirlo. Me quedé perdida en mis pensamientos hasta que mi amiga llamó a la puerta.

—¿Te sucede algo? —Preguntó Drella con tono de preocupación

—Tranquila, no me pasa nada, simplemente pensaba —respondí mientras abría la puerta y le ofrecía una sonrisa forzada.

—¿En qué estás pensando?

—En los viejos tiempos y en lo mucho que te voy a echar de menos.

—No tienes por qué echarme de menos, te puedes venir con nosotros —Intentó convencerme mi amiga una vez más.

—Te lo agradezco, pero no puedo. Tengo que seguir adelante yo sola y buscar mi lugar en el mundo.

—Si tú quisieras este también podría ser el tuyo —Comentó mi amiga adoptando un aspecto muy serio— Además si no pruebas nunca lo sabrás.

Volví a rechazar la propuesta por enésima vez y me sentí mal, muy mal por estar mintiendo de una forma tan descarada. Sentía que no merecía siquiera su sincera amistad, era una mentirosa y una falsa. Aunque no paraba de repetirme una y otra vez la misma cantinela con la esperanza de que terminara por creérmelo:

—Él no me quiere, lo mío es un amor prohibido, un amor imposible —incansablemente repetía una y mil veces esas palabras para mis adentros. Lejos de conseguir el efecto deseado lograba todo lo contrario. Cuanto más me repetía dichas palabras más lo recordaba y por lo tanto no dejaba de estar presente en cada uno de mis pensamientos.

Cuando volvimos junto al resto, al entrar en la cocina él se encontraba apoyado en el alféizar de la ventana, hablaba con Andy animadamente y se había quitado la camiseta. Siempre lo había visto con camisas holgadas

pero en esta ocasión por la carencia de ella me quedé observando su cuerpo perfecto. Al menos así me lo pareció a mí al apreciar sus músculos bien definidos. Una sensación extraña recorrió todo mi cuerpo, no podía apartar la vista. Hice todo lo posible por controlarme frente a él, aunque resultaba bastante complicado.

Al percatarse de mi presencia, dejó de hablar con Andy, me dedicó una sonrisa y se acercó sin vacilar ni un instante. Conforme se acercaba me fijé en sus hermosos ojos verdes.

—Tengo que ir a hacer unas compras, ¿me podrías acompañar?

—Claro que puede —dijo Drella sin dejarme responder.

—Vamos —dije con una sonrisa nerviosa, intentando que no notara los nervios que albergaba en mi interior.

6

Confusión, miedo, terror...

No entendía qué hacía en ese lugar, ni cómo había terminado aceptando dar una sorpresa a Drella. Temía que se pudiera enfadar conmigo por prestarme a eso, pero no fui capaz de rechazar la petición que con tanta ilusión Andy me había realizado.

Estos acontecimientos sucedieron el veinte de mayo, día en el que Drella cumplía diecinueve años. Andy le había preparado una sorpresa, aunque yo no tenía claro si le gustaría, ya que a mí no me motivaba pero esperaba que a ella sí le gustase.

—¿Te sucede algo? Últimamente estás más ausente que de costumbre —preguntó Gustavo interesado.

—No, tranquilo, solo estaba pensando en qué haré mañana —Dije mirándole directamente a los ojos. En ese

momento sentí un deseo irrefrenables de besarle. A pesar de todo, conseguí controlarme.

—Y ¿qué harás? —preguntó Gustavo mostrándose serio.

—Aun no lo tengo claro, supongo que tomaré un tren sin rumbo fijo —respondí con sinceridad.

—Abril, ¿no piensas establecerte jamás?

—Quizás algún día llegue ese momento, pero primero he de encontrar mi lugar en el mundo.

—Los Ángeles podría ser ese lugar —me reprochó Gustavo a la vez que me miraba con picardía.

—Puede ser, aunque por el momento no iré —sentencié tajantemente sin dar posibilidad a Gustavo de continuar con el tema .

—Para mí esta situación es complicada, pero necesito que lo sepas antes de que cada uno se marche por su lado —dijo él más serio.

—¿Situación? ¿A qué situación te refieres? ¿Adónde quieres ir a parar?

—Necesito decírtelo ahora porque después será demasiado tarde —dijo él, sin atender mis palabras.

Gustavo se quedó en silencio, sin apartar su mirada de la mía. La tensión fue en aumento, él no era capaz de

hablar y yo estaba tan desconcertada que únicamente podía ver sus hermosos ojos verdes. Tras una larga espera, por fin comenzó a hablar.

—Probablemente no estés preparada para lo que te voy a decir, y quizás yo tampoco —En ese momento él bajó la mirada al suelo, el tono de su voz se quebró y una lágrima furtiva cruzo su rostro —Abril, quiero que sepas…

—Tranquilo, no pasa nada, no tienes por qué hacer algo para lo que aún no estás listo. Si quieres, te puedo dar mi correo electrónico, nos mantendremos en contacto y cuando estés totalmente seguro, ya lo harás. Ahora ha llegado el momento de prestar a tu primo la ayuda que nos solicitó —angustiada y muy nerviosa me marché.

No entiendo el motivo pero en ese momento sentí la necesidad de escuchar lo que me tenía que decir. La angustia me estaba matando, pero pensé que sería mejor así. Por ese motivo me marché apresuradamente sin dejarle terminar .

Desde la parte trasera del escenario me asomé intentando no ser vista, el alboroto era tremendo. La gente gritaba mientras agitaba fotos y pancartas de sus ídolos.

—Andy no voy a poder, hay demasiada gente ahí fuera esperando. —Comenté bastante asustada.

—Tranquila, todo va a salir perfecto.

—¿Pero, y si alguien se molesta y si se descontrola la situación? —Poco a poco sentía los nervios aflorar en mi interior y me sentía al borde de un ataque de ansiedad.

Andy se marchó y me dejó sola, nerviosa, preocupada, ansiosa... con el temor de salir al escenario, no saber qué decir o hacer. Sin previo aviso, una mujer tiró de mí, me sentó en una silla y me maquilló, y después la peluquera me arregló el pelo.

En el camerino de Andy, Drella, ajena a todo esto, creía que la estaban arreglando para la fiesta que se iba a celebrar tras el concierto.

—Llegó el momento, ¿estás preparada?

—Sí, que empiece el espectáculo y tranquilo no saldré corriendo —Respondí un poco más calmada e intentando mentalizarme de todo lo que estaba por suceder.

Caminando muy nerviosa, pero con decisión para que todo terminase lo antes posible, salgo al escenario y me escondo tras el micrófono.

Durante unos segundos los cuales sentí eternos, me quede mirando al publico. Mi nerviosismo aumentaba por segundos y todo mi cuerpo temblaba como un flan. Al ver a Gustavo caminando hacia mi posición los nervios se desvanecieron como por arte de magia.

Sentirlo junto a mí era una sensación indescriptible,

me sentía segura.

—Buenas tardes a todos, ¿estáis dispuestos a pasarlo bien? —Gritó él enérgicamente.

—Sí —Gritaron desde el público muy contentos de estar ahí.

—El concierto de esta tarde va a ser muy especial para todos —Comenté intentando esconder toda mi inquietud.

—Estará cargado de sorpresas, así que no perdáis detalle. —Volvió nuevamente a gritar Gustavo. El público enloqueció y animaban al grupo a salír gritando una y otra vez su nombre. Por mi parte intenté ser valiente, sacar fuerzas de donde no había.

—Y ahora sí, aquí están, con su nuevo tema "Hay un mundo detrás de mi muro". —Grité con todas las energías que pude para alentar al público y que de esa forma continuasen gritando.

Los chicos salieron al escenario saludando a su público. Cuando Andy y yo nos cruzamos, me susurró al oído:

—Gracias, has estado genial. Prepárate para lo que sigue, dejo a Drella en tus manos —Detrás del escenario ya me estaba esperando Gustavo.

Lo saludé al pasar, aunque no me vio y fui directa al

camerino para cambiarme de ropa. Al salir, seguía en la misma posición, sentado en una silla con la mirada perdida, en su cara se notaba una inmensa tristeza.

Ver cómo estaba sufriendo me provocaba el dolor más grande que había sentido en toda mi vida pero, por temor, lo ignoré y continué adelante con el plan establecido. Todavía tenía que salir una vez más y, aunque quedamos en cenar después, no iba a esperar. En cuanto cumpliera con mi promesa, me marcharía sin ser vista.

—¡Drella, vamos a ver cómo van con el concierto! —Dije lo más animada que pude a mi amiga.

—Claro

—Desde allí no nos verá nadie. —Le dije a la vez que señalaba el lugar acordado.

Después de un rato junto a la entrada del escenario, Andy nos miró, Drella sonrió, ajena a lo que estaba por suceder. Una vez la canción hubo terminado, Andy se quedó en silencio frente al público con el micrófono entre sus manos.

—Antes de continuar con el concierto, necesito que las dos chicas que se encuentran tras el escenario salgan y se sienten en esas dos sillas.

Los asistentes al concierto no perdían detalle a lo que iba sucediendo sobre é escenario. Andy muy gentilmente

ayudó a mi amiga para que tomase asiento y antes de soltarle la mano empezó a cantar la canción del día en el que los conocí. Por mi parte no pude evitar sentir una gran emoción, no recordaba el significado de toda la canción pero ya tenía una ligera idea.

—¿Qué es esto? ¿Por qué estamos aquí? —preguntó mi amiga entre susurros muy extrañada.

En ese momento me limité a sonreír y cumplir lo mejor posible con el plan establecido.

—¿Qué sucede? —Insiste preguntando entre nerviosa y preocupada.

—Amiga, no sé. Relájate y ya lo sabremos.

Andy fue acercándose a Drella lentamente, cuando estaba lo suficientemente cerca, se arrodilló, sacó una cajita de su bolsillo, la abrió y enseñando su contenido a mi amiga hizo la gran pregunta:

—Drella, te amo, ¿quieres casarte conmigo?

Él alargó su mano esperando que ella la tomase, mi amiga no se hizo mucho de rogar y la aceptó sin dudar. Al tomarlo de la mano mi amiga se puso en pie junto a él, la respuesta estaba clara, aunque todos esperábamos sus palabras, así que me quedé sentada en mi lugar un poco más.

—Claro que me quiero casar contigo. Pero no vuelvas a darme una sorpresa así, por favor —Dijo ella muy nerviosa y bastante sonrojada.

Andy sonrió, al verlo sonreír nos relajemos un poco y todos sonreímos. Algunas de las fans comenzaron a revolucionarse, así que la seguridad del grupo se preparó por si sucedía algo. Hubo chicas que comenzaron a gritar y a llorar, y unas cuantas intentaron subir al escenario, pero no lo consiguieron.

Entre tanto alboroto, pensé que era el mejor momento para desaparecer y así lo hice. Según me alejaba, escuché a Andy y Drella cantando juntos, lo cual me llenó de alegría.

Mientras dejaba todo atrás, notaba un vacío instalándose en mí. Caminé mirando los escaparates de las tiendas pero sin verlos. Nada me parecía importante, sentía como si me faltara algo, aunque no sabía el qué.

A lo lejos escuché a Gustavo gritando mi nombre. Aceleré el ritmo sin saber a dónde me llevaban mis pasos, solamente buscaba alejarme de él. Tenía que admitirlo, me había enamorado por primera vez pero del hombre equivocado.

Vi el coche de Drella a lo lejos, supuse que me estaban buscando. Sabía que no había estado nada bien marcharme como lo había hecho, pero el dolor de verlo, saber que nunca podría ser mío, era más de lo que podía soportar.

7

Nuevo destino

Después de estar varias horas caminando, encontré un hotel en el que pasar la noche. Al día siguiente en las noticias hablaron de lo ocurrido durante el concierto.

En las imágenes, pude ver a Gustavo acercarse a Andy y tras susurránle algo al oído, todos se marcharon apresuradamente.

Supuse que en ese momento salieron a buscarme. No me gustó haberles estropeado un momento tan especial, pero no tuve más remedio.

Me quedé unos días en la habitación del hotel, intentando reflexionar. Para mi mala suerte no logre centrarme, solamente pensaba en lo mal que se veían mis amigos, finalmente decidí marcharme a Murcia, por

una oferta de trabajo que encontré en el periódico.

Tal vez en ese lugar podría tener una nueva oportunidad para volver a empezar, olvidarme de Gustavo, Drella y todos los demás.

Un año más tarde

Estaba medio establecida en aquel lugar. No tenía amigos, pero tampoco enemigos. Me había volcado totalmente en el trabajo: pasaba los días limpiando y atendiendo mesas en la cantina Tita Ana, y cuando terminaba mi jornada laboral, volvía a casa donde veía la televisión o leía un rato.

No había sabido nada de los chicos en todo el año que había pasado, pero echaba mucho de menos a Gustavo, ni el tiempo ni la distancia me habían dejado olvidar.

Un día me di cuenta de que no había abierto el correo electrónico y de que quizás habían intentado localizarme por ese lado. Y tal y como predije, había sucedido. Tanto Gustavo como Drella me habían estado escribiendo. Tras leer los E-mails, decidí escribir a Drella.

Hola, vieja amiga.

Sé que pasó muchísimo tiempo y que tendría que haberte escrito antes, pero no tuve valor para hacerlo hasta el día de hoy. Quizás estás enfadada conmigo y tendrías razón. Solamente puedo pedirte perdón por ser tan cobarde y marcharme así. Tomé la decisión de marcharme porque me enamoré de Gustavo. Cuando me preguntaste si me gustaba mentí y por ello créeme cuando te digo que me arrepiento, debí haber sido sincera contigo.

Entre mis E-mails, además de ver varios tuyos, también hay de Gustavo, aunque no me he atrevido a contestar. Por favor dile que estoy bien.

Espero que todo te vaya genial, no me busquéis.

Atentamente:

Abril

—Hola, preciosa, ¿te acompaño al trabajo? —dijo animadamente Federico, un compañero de trabajo.

—Hola, Federico. Si quieres, no tengo inconveniente ¡Vamos! Así nos acompañamos el uno al otro —Le comenté indiferentemente. Caminamos en silencio durante un largo rato hasta que Federico rompió el hielo.

—Hoy estás guapísima, como cada día —me alabó él.

—Gracias, siempre tan amable conmigo —Le agradecí el detalle.

—No es amabilidad, en realidad… En realidad es que estoy enamorado de ti. Quería decírtelo desde hace tiempo, pero nunca me he atrevido a hacerlo —comentó él muy nervioso.

—¡Vaya! No sé qué decir —Dije sorprendida.

—Dime que quieres ser mi novia. Me harías el hombre más feliz del mundo —Dijo él sonriendo como un bobalicón.

Nuevamente se hizo un gran silencio entre nosotros. No sabía qué contestar. Yo estaba enamorada de Gustavo, no de él, pero Gustavo nunca fue para mí y nunca lo será. Finalmente, tomé una decisión.

—Quizás podríamos intentarlo.

—¿Eso es un sí? —Preguntó él incrédulo.

—Sí, probemos. Poco a poco, a ver qué pasa —dije sin estar convencida.

—¿Y resultaría demasiado apresurado pedirte una cita para cenar esta noche a las nueve? —dijo él muy animado.

Me lo pensé durante unos segundos antes de responder.

—Está bien, pásate por mi casa a recogerme —dije sin estar aún convencida de lo que estaba haciendo.

La jornada laboral resultó dura, así que cuando llegó la noche, no tenía ganas de arreglarme para salir con Federico. En ese momento pensé que no había hecho bien al aceptar su invitación, pero ya no había vuelta atrás y debía darle una oportunidad.

Por eso, me puse mi mejor ropa, me arreglé el pelo y una vez estuve preparada, salí a la calle a esperar a mi cita, que para mi sorpresa ya estaba allí.

Entre sus manos, sostenía un hermoso ramo de tulipanes y una caja de bombones. Al verme se acercó y no tardo ni un segundo en ofrecérmelos.

—Hola linda, esto es para ti.

—Gracias, no hacía falta que me compraras nada —dije bastante molesta más conmigo misma que con él.

—Claro que sí —respondió él con una sonrisa en los

labios. —Bombones que le gustan a todo el mundo y tu flor favorita.

—Sí, es mi flor favorita, pero no me hace mucha ilusión que me las hayas regalado.

—Pero ¿por qué? ¿Es porque soy yo? —preguntó triste.

—No, simplemente no es ningún día especial, solo es una cena.

—Para mí sí lo es, acéptalos por favor y vayámonos al restaurante —Agregó el con una inmensa sonrisa.

Le mentí, le mentí a la cara, pero no sabía cómo iba a decirle lo que pasaba en realidad por mi mente: «No me gusta que me las hayas regalado tú, porque no eres Gustavo».

No se merecía cómo lo estaba tratando ni que lo usara. «¿Qué estoy haciendo?», me pregunté a mí misma sin entenderlo. Estaba haciendo daño a una persona que realmente no lo merecía.

En ese momento, me hallaba agobiada y no estaba siendo capaz de disfrutar de la salida y él se estaba dando cuenta.

La sonrisa de Federico se iba apagando por momentos y yo no podía dejar de pensar en Gustavo, mi Gustavo, el mismo que ya me habría olvidado y estaría en brazos de

su novia.

Necesitaba volver a conectarme a mi correo, saber si Drella me había escrito o estaba muy disgustada conmigo. Sabía que no había tenido tiempo suficiente para responderme, pero no podía espetar más.

—Abril, ¿qué sucede? —preguntó con la voz cargada de tristeza.

—Discúlpame, tengo que entrar un momento. Espérame, ahora mismo vuelvo —dije apresuradamente, a la vez que abría la puerta del establecimiento.

Él se quedó en la puerta esperando mientras yo entraba a revisar mi correo. Necesitaba saber su respuesta a toda costa. Los nervios me estaban consumiendo.

Hola, Abril.

No estoy molesta, ni enfadada, solamente he estado algo preocupada. Te marchaste sin más durante el concierto, te estuvimos buscando. Gustavo nos dijo que te había visto marchar con lágrimas en los ojos. Respecto a él, ya se casó con su novia y tienen una niña, ¿recuerdas que te dije que era mi prima? Lo que no te dije es que no me llevaba bien con ella, no la considero buena

persona, aunque parece que Gustavo ha visto algo en ella que otros no. Me caso con Andy en un mes, espero que puedas venir a mi boda, me haría muchísima ilusión.

Un abrazo,

Drella

Salí a la calle para reunirme con Federico. Al verlo esperando junto a la puerta me odie a mi misma y sentí asco de lo mala persona que soy. Sabía que nunca podría dejar de amar a Gustavo, y ni Federico ni ningún otro podrían hacerme olvidar. Él sería siempre el amor de mi vida, aunque jamás fuese mío, se hubiese casado y tuviese una niña.

—¿Está todo bien? Te noto muy pensativa.

—Sí, todo bien. Pensaba en mi mejor amiga, hace mucho que no la veo y hoy me he enterado de que se casa.

—Creía que no tenías amigos. —comento él sin salir de su asombro.

—Pues claro que tengo, solo que no viven aquí —dije algo molesta.

—¿Y familia? —pregunto él.

—No, no tengo. Mis amigos son lo más parecido que tengo a una familia —Le sonreí intentando ocultar mi

verdadero estado.

—¿Y alguna vez has estado enamorada? —preguntó muy interesado.

—Lo he estado en una ocasión y no pudo ser —dije al borde de las lágrimas.

—Él se lo perdió si no supo valorarte —dijo mientras se veía su felicidad.

—Bueno, se terminaron las preguntas. Nos vamos —le ordené sin piedad, dolida y muy molesta por su alegría.

8
Falso amor

Realmente debía estar loca utilizando al pobre Federico para olvidar al amor de mi vida, y más sabiendo que nunca lo iba a poder olvidar. El pobre me estaba entregando su corazón y yo me estaba dedicando a utilizarlo.Me sentía tan atormentada que no podía dormir, no podía comer… pero tampoco podía querer a alguien porque sí, ni dejar de amar a Gustavo como lo amaba.

Después de trabajar, me fui sola camino a casa de Federico, hoy tampoco había ido y siquiera se había molestado en llamar para avisar de su ausencia.

Al llegar frente a la puerta de su casa, llamé a la puerta, pero parecía no haber nadie, por lo que me dispuse a regresar a casa cuando unas risas de mujer, provenientes del interior de la casa, hicieron que me acercara a la ventana.

Entonces vi a Federico con una mujer en su cama. Él también me vio, así que se levantó rápidamente, se puso una bata y se acercó a la ventana.

—¿Qué… qué haces aquí? —gritó furioso.

—¿Qué qué hago aquí? —le grite con la misma intensidad —Estaba preocupada porque no habías ido al trabajo, pero ya veo que tenías cosas más interesantes que hacer. —le dije gritando tanto como lo estaba haciendo él.

—Todo tiene una explicación —Dijo un poco más relajado.

—¿Una explicación? —grite con mi voz cargada de sarcasmo —No me hagas reír. Estás desnudo en tu cama con otra mujer, ¿qué otra explicación puede tener eso? —la intensidad de mi enfado cada vez aumentaba más.

—Te juro que la hay —dijo en tono conciliador.

—No me importa tu explicación. Estábamos empezando algo, pero olvídate de ello. Esto se terminó, no me busques nunca más —grité con tanta intensidad que mi garganta comenzó a resentirse.

A pesar de que realmente no le quería, me sentía muy decepcionada. Decepcionada por todo lo que me había dicho y para luego acostarse con cualquiera. A pesar de todo, sentía como si me hubiese clavado un puñal en el corazón. En ese momento supe que mi tiempo en ese lugar

había terminado.

Sin darme cuenta había vuelto a mi trabajo, así que aproveché para avisar a mi jefe de que en quince días como máximo dejaría mi puesto. Él no estaba muy conforme, pero aceptó mi renuncia sin poner objeción alguna.

Al llegar a casa miré las facturas que debía pagar, el dinero del que disponía y las cosas que debía llevarme. Llevaba mucho tiempo viviendo allí y ya no me entraba todo en la maleta, así que salí a comprarme otra.

Cuando regresé, distribuí mis pertenencias entre ambas maletas y me marché a revisar mi correo. A lo lejos vi a Federico besarse con la mujer que había visto en su casa.

Nuevamente una oleada de punzadas atenazaron mi corazón y me sentí estúpida, ya que ni él me quería a mí ni yo a él. Entonces, ¿por qué me molestaba tanto?

Me centré en mirar el correo: no tenía ningún E-mail de Drella, pero sí uno de Gustavo. Me sentía tan decepcionada por el género masculino que siquiera lo leí, me limité a borrarlo.

Sentía que me ahogaba. Empecé a pensar en Gustavo, en que se había casado con su novia a la que amaba. Su amor nunca me había pertenecido, nunca me quiso y nunca lo haría. Él era feliz y por el hecho de amarle, no

me daba derecho a arruinarle lo que había construido junto a su esposa.

Mi querida amiga,

Te escribo para confirmar mi asistencia a tu boda. Después de tantísimo tiempo tengo muchísimas ganas de reencontrarme con todos vosotros, pero sobre todo contigo, mi amiga del alma. Te aseguro que durante este lapso de tiempo te he echado muchísimo de menos. Y, bueno, me encantaría saber cómo va todo por ahí. Gustavo me ha escrito un mensaje, pero no me he atrevido ni a leerlo. ¿Le has contado algo sobre mí?

Un abrazo.

Abril

Cuando iba a pagar por el uso de Internet en el locutorio, apareció Federico.

—Hola, preciosa, qué bueno verte por aquí, tenemos una conversación pendiente —Dijo este mostrando una sonrisa inquietante.

—Tú y yo no tenemos nada más que hablar —Comenté evitando su mirada.

—No podemos terminar, eres mía, eres mi novia —Comentó él agarrándome de la cara para obligarme a mirarlo.

—Federico, ni soy tuya, ni soy ya tu novia. Tú terminaste con nuestra relación cuando te acostaste con esa mujer —Dije toscamente y de un manotazo retiré su mano de mi cara.

—Te dije y te repito que tiene una explicación —Dijo el muy cerca de mi cara agarrándome violentamente de los brazos.

—Y yo te digo que no me importan tus explicaciones. Lo nuestro se terminó y punto. Ya te dije que no me buscases nunca más —Lo aparté de un empujón y avancé unos pasos para alejarme de él.

—Déjame explicarte.

—Ni te molestes en hacerlo, en unos días me marcho, así que déjame en paz.

—No te creas que te voy a dejar ir tan fácilmente. Tú eres mía y estés donde estés te encontraré —Él avanzó unos pasos los cuales me obligaron a alejarme un poco más. El dueño del establecimiento salió del mostrador y se puso entre nosotros sin decir una sola palabra.

—Lárgate. No te quiero y nunca te voy a querer.

—Yo tampoco te quiero y nunca te he querido, pero eres preciosa y perfecta para mí —Comentó él con cara de pocos amigos.

Avancé unos pasos, no quería seguir hablando con ese tipo, me estaba empezando a dar miedo todo lo que decía. Siempre me había tenido engañada, pensaba que era una buena persona, incluso algo tímido y, sin embargo, ahora parecía un loco acosador obsesionado conmigo.

Federico me sujetó por el brazo para evitar que me marchara, me estaba apretando tan fuerte que me hacía daño, y yo no sabía si gritar o pegarle un pisotón y echar a correr. Finalmente decidí no montar un escándalo e intenté razonar con él, aunque no tenía muchas esperanzas al respecto.

—Señor deje a la señorita o tendré que verme obligado a llamar a la policía —Dijo el propietario del establecimiento preocupado.

Federico no dijo nada más me soltó y se marchó. El propietario del establecimiento estaba pálido y se le veía muy preocupado.

—Señorita se encuentra bien.

—No se preocupe estoy bien —Comente mostrando una sonrisa forzada.

—¿Quiere que llame a alguien para que venga a

buscarla y no se marche sola a casa?

—Gracias pero no ahy nadie que pueda venir a buscarme.

Después de pagar y dejar un tiempo prudencial para asegurarme de no cruzarme con Federico por la calle me marché a casa, aún me sentía bastante nerviosa y para colmo estaba lloviendo. Como no tenía paraguas salí corriendo para llegar pronto a casa. Al cambiar de calle recibí un golpe que me hizo caer de bruces contra el suelo.

—Preciosa. ¿a dónde te crees que vas? —Dijo a la vez que me sujetaba violentamente del brazo.

—¡Suéltame! Nunca volveré contigo —Las lágrimas pugnaban por salir, pero hice lo imposible por seguirlas conteniendo. No quería demostrar debilidad frente a un hombre así, no estaba dispuesta a dejarle ganar.

—Tú harás lo que yo te diga, porque si no lo haces, te enseñaré a obedecer —Dijo toscamente apretando más mi brazo a la vez que tiraba de mi.

—¡Suéltame!

Federico tiró de mí hacia él golpeándome varias veces mientras yo pedía auxilio en vano. Me puso un pañuelo sobre el rostro, un olor fuerte comenzó a entrar por mis fosas nasales, al tiempo que mi cuerpo se iba debilitando, y entonces supe que no podía hacer nada.

9

Buscando una salida

Muy aturdida y desorientada intenté levantarme, pero fue en inútil, mis piernas y mis manos estaban muy bien amarradas. Intenté reconocer el lugar en el que me encontraba, me miré y estaba totalmente desnuda. Escuché ruidos tras la puerta que me hicieron estremecer. Poco tiempo después, Federico apareció tras ella con sonrisa malévola.

—Maldito desgraciado suéltame y devuélveme mi ropa —dije totalmente aterrada.

—¡Mi vida! hoy te has despertado de mal humor —dijo con un tono entre irónico y malévolo.

—¿Cómo quieres que me despierte? Me tienes secuestrada y no sé qué más me habrás hecho.

—No, de eso nada. Simplemente te he traído en contra

de tu voluntad.

—Entonces, ¿tú como llamas a eso? Yo lo llamo secuestro. Dime, ¿me has hecho algo más? —le grité con todas mis fuerzas

—No te he violado, si es lo que me estás preguntando —dijo gritando. Solamente te quité la ropa para admirar tu hermoso cuerpo desnudo —dijo éel más relajado y con perversión.

—Eres un maldito cabrón. ¡Desgraciado!, ¡Suéltame! —Grite tanto como pude.

—No te preocupes, no te va a pasar nada. Además, nadie te va a echar de menos, así que grita si quieres. Te espera mucho tiempo junto a mí.

—Eres un maldito cerdo —grité apenas conteniendo las lágrimas de rabia que acudían a mis ojos sin remedio.

—Cállate de una vez, tú harás lo que se te diga, te guste o no —dijo muy serio y gritando más que yo.

—¡Jamás! Antes muerta. Me podrás tener aquí retenida, pero ya encontraré el modo de escapar. No pienso ponértelo fácil. Ahora me tienes aquí retenida, pero encontraré la forma de marcharme, no te quepa ninguna duda —le dije intentando parecer segura.

—Ahora me perteneces y haré lo que quiera contigo.

Dejó una bandeja sobre una pequeña mesa con algo de comida y se marchó cerrando la puerta con llave. Mis manos y mis pies estaban muy bien sujetos con cinta adhesiva. Levanté mis manos hacia la boca y con saliva fui humedeciendo la cinta.

Sentía que me iba a quedar sin saliva antes de poder soltarme. En un intento desesperado, traté de separar mis manos usando todas mis fuerzas. Mas resultó ser en vano. Por más que lo intenté, la cinta no cedía. Pero no me iba a rendir.

Fui probando de todas las maneras que se me ocurrieron para soltarme hasta que, con ayuda de un mueble, pude enganchar la cinta y estirar lo suficiente para sacar mis manos.

Una vez libre, inspeccioné la habitación con la esperanza de encontrar un buen lugar por el que escaparme, pero la única forma era por la puerta por la que él había entrado hacía un rato.

Me sentí muy impotente y desesperada, tanto que, en un arranque de ira, me abalancé sobre la puerta y la empecé a golpear mientras gritaba desesperadamente una y otra vez lo mismo con la esperanza de que alguien pudiera escucharme.

—¡Sácame de aquí! ¡Déjame en paz! —Grité desesperada.

Él entró en la habitación muy enfadado. Intenté escapar, pero me golpeó.

—¿Aún no te has dado cuenta? No irás a ninguna parte. Eres mía y más te vale que dejes de gritar, estúpida —dijo él tan pausadamente que un escalofrío recorrió todo mi cuerpo.

Me sujetó por el brazo y me empujó fuertemente contra la cama. Sentí tanto miedo, tanta impotencia... Pero a pesar de todo lo que estaba sintiendo, hice lo que puede por controlarme para parecer serena y segura de mí misma.

—¿Qué tienes pensado hacer conmigo? No me puedes tener toda la vida aquí encerrada.

—No te preocupes por eso, preciosa. Pronto nos iremos a otro lugar donde podremos estar los dos tranquilos, sin que nadie nos moleste, y serás mía. Yo te domaré y aprenderás a estar a mi lado, será lo mejor para los dos. Ahora cálmate, no me apetece tomarte en este momento.

—¿Cuánto tiempo estaremos aquí?

—Eso a ti no te importa, limítate a obedecer y no hagas preguntas estúpidas.

Hubo un breve silencio en el que decidí cambiar de estrategia.

—Al menos, ¿no podrías traerme alguna cosa para que me entretenga? Son muchas horas sola y me aburro —Puse mi mejor cara de inocencia para terminar de convencerlo.

Sin decir nada, salió por la puerta, cerrándola tras él, una vez más con llave. Pasadas unas horas, escuché nuevamente su voz tras la puerta.

Cada vez que me percataba de su presencia, no podía evitar sentir un tremendo asco, lo odiaba como nunca había odiado a nadie. A pesar de todo eso, intentaba por todos los medios ocultar mis sentimientos.

—Abril, me comentaste un día que te gustaba escribir historias, ¿no es así?

—Sí, así es.

—Pues toma esto, para que empieces a escribir algo. Así estarás más ocupada y tendrás menos tiempo para gritar. —Con un movimiento brusco lanzó una bolsa con un cuaderno y un bolígrafo.

—Gracias —le respondí muy emocionada.

Sin saberlo, Federico había cometido su primer error. Enseguida me puse a escribir una nota de auxilio, que guardé cuidadosamente hasta que él se tuvo que ir a trabajar.

En ese tiempo estuve intentando llamar la atención desde el único hueco que se abría en la pared y por el que apenas se veía el interior, donde yo me encontraba, pero no obtuve éxito.

Finalmente, llegó el momento de su regreso y tuve que disimular. Rápidamente me senté a la mesa y empecé a escribir todo lo que me había sucedido en los últimos días.

—¿Tienes hambre?

—Sí, un poco —le dije intentando aguantar el asco.

—Voy a preparar algo. En cuanto esté listo, te lo traeré —Agregó él muy secamente.

—¿Me podrías traer también una botella de agua? Es que la del baño está muy mala —Comenté intentando parecer una chica dulce.

—Yo bebo agua del grifo, así que tú no te vas a morir porque bebas también de ahí —Dijo él bastante molesto.

—Encima que me tienes aquí encerrada en contra de mi voluntad, ¿no me vas a traer ni agua embotellada?

—Anda, pesada, cállate ya, ahora cuando termine la cena iré a comprar agua. ¿Contenta?

—Sí, gracias —Tomé airé y proseguí, intentando hablar lo más firme posible. —De paso, si vas a ir a la tienda, necesito crema hidratante, champú, mascarilla capilar, crema depilatoria y compresas —Al terminar con

todas mis peticiones le regalé una sonrisa de niña buena.

—Ya te estás pasando —dijo furioso.

—No me estoy pasando, necesito todas esas cosas. Si no me tuvieses encerrada, las iría a comprar yo, pero no es el caso, ¿qué quieres que haga? Además, si planeas tenerme mucho tiempo, ya va siendo hora de que sepas todo lo que necesito —Dije intentando no ponerme nerviosa y mostrando toda la seguridad que pude.

—De acuerdo, pesada, ahora te lo traeré todo —Dijo él resignado.

Aprovechando que tenía muchas cosas que buscar, de las cuales nunca antes había tenido necesidad, seguí observando por el agujero de la pared sin perder la esperanza de que pasase alguien, que pudiese ayudarme.

10

ſocorro

Una vez más, no tuve suerte. Ese lugar parecía ser muy poco frecuentado, por lo que tenía que aprovechar y pedir ayuda a la primera persona que pasara. Me la jugaba todo a la primera carta.

—Ahí tienes tus cosas. Me he tomado la libertad de pasar por tu casa a recoger todas tus pertenencias. —Él reía como si le faltase un tornillo y su expresión daba mucho miedo —Así parecerá que te has marchado.

—Pero aún no he pagado el mes.

—Da igual. De todos modos, aunque quedes mal, tampoco será de mucha importancia, pues tú no volverás a ver la luz del sol. Tu dinero me lo quedo yo.

Un nudo me comprimió la garganta al sentir estas palabras, el miedo nuevamente me había embargado. No

me pude resistir y empecé a llorar.

—Anoche, mientras dormías, pedías auxilio a un tal Gustavo. ¿Se puede saber quién es ese desgraciado?

—Gustavo no es ningún desgraciado, el desgraciado eres tú. Él es el amor de mi vida, pero tranquilo, que él a mi no me quiere.

—Te quiera o no te quiera, no importa. Tú estás aquí conmigo y lo vas a estar siempre.

Esa noche no volvió a decirme nada más y pude medio descansar. Por la mañana, se limitó a pasarme el desayuno por la gatera y se marchó a trabajar. Sin perder un segundo, observé tras la apertura de la pared. Un niño, que suponía que se dirigía al colegio, pasó en ese preciso momento. No era mi mejor opción, pero era la única, así que no me lo pensé.

—¡Muchacho! por favor, te suplico que me ayudes — El niño miró en todas direcciones muy nervioso, antes de acercarse y mirarme muy serio.

—¿Le puedo ayudar, señora? —Comentó él temeroso.

—Sí, por favor —le dije con lágrimas en los ojos, y extendí el papel para que lo recogiera—. Lleva esta nota a la comisaría y diles dónde me encuentro, no tengo mucho tiempo.

El muchacho dudó unos segundos que me resultaron eternos. Finalmente recogió la nota y se fue corriendo. En el papel les facilitaba toda la información de la que disponía para mi rescate.

Poco rato después llegó un policía junto con Federico. Él no iba esposado, y eso me hizo estremecer. Supe que algo no iba bien.

Federico entró en la habitación dando gritos y desabrochándose la correa. El policía pasó tras él, quedándose al margen mientras Federico me golpeaba una y otra vez. Tras esto, volvió a amarrarme con cinta y me puso el cinturón muy apretado bajo el pecho.

Los dos recogieron y comenzaron a cargar las cosas en el coche. Después me llevaron al automóvil y me abrocharon el cinturón de seguridad. El policía se marchó hacia un vehículo oficial, lo puso en marcha y condujo unos metros marcha atrás.

Empecé a escuchar sirenas provenientes de otros coches de policía y también de una ambulancia. Federico ya había arrancado el coche y pisaba a fondo el acelerador para escaparnos de allí. La policía comenzó a perseguirnos, incluyendo al desgraciado que lo había ayudado en mi secuestro.

Él, como poseído por un fuerte ataque de histeria, reía sin cesar. Parecía un demente y eso me angustiaba, me aterraba… Sentía tanto miedo que no podía pensar. Me

apretaba contra el asiento, por si con un poco de suerte, me tragaba. No era capaz ni de mirarlo, estaba enfadado, loco, trastornado…

No podía evitar temer lo que podía llegar a hacerme una vez hubiera escapado de esa situación. El cuerpo me temblaba, me sentía muy pequeña y él era un monstruo enorme que iba a hacer conmigo todo lo que quisiera porque yo no iba a ser capaz de defenderme.

—¿Qué pensabas, estúpida? ¿Creíste que no me enteraría? ¿Que te rescatarían? ¿Que saldrías bien librada? Chiquilla ilusa, ¿aún no te has dado cuenta de que de mí no puedes escapar?

No contesté, el miedo se había apoderado de todo mi ser. Esta situación me tenía totalmente paralizada, bloqueada. <<Que alguien me ayude>>, suplicaba para mis adentros mientras las lágrimas resbalaban por mi rostro.

De repente un rápido volantazo hizo que me agarrara con todas mis fuerzas, un acto reflejo inevitable, porque no estaba segura en realidad de querer salvar mi vida.

El coche se salió de la carretera y fuimos a parar a una vasta extensión de campo. Esquivó hábilmente los árboles y matorrales que había a nuestro paso y escondió el coche en un garaje oculto entre la maleza. Estaba todo preparado.

—Ya hemos llegado, y si no quieres que te termine matando como hice con aquel crío, tendrás que acatar mis órdenes.

Sin decirle nada me limité a mirarlo. Unas pocas lágrimas cruzaron mi rostro al escuchar lo que había dicho del muchacho. Estaba muerto, había muerto por mi culpa.

Si yo no hubiera intentado escapar, si no le hubiese pedido ayuda, él seguiría vivo. Más lágrimas pugnaban por salir, pero las contuve como pude.

Miré a Federico en silencio. Abrió la puerta y, sin ningún miramiento, tiró fuertemente de mí hacia fuera. Sin soltar mi brazo ni por un instante, caminamos por un túnel que comunicaba el garaje con un gran recibidor.

No tardó en empujarme dentro de una habitación y cerrarla con llave. En esta ocasión ni siquiera tenía forma de ver el exterior, estaba enjaulada, igual que lo está un pájaro en su jaula.

Me tiró sobre la cama sin piedad.

—Eres un maldito. Me has estado utilizando y yo que estaba empezando a ver algo en ti…

—¿No decías que no me querías?, ¿que no estabas interesada en mí?

—¿Qué querías que te dijera si te acostaste con otra mujer?

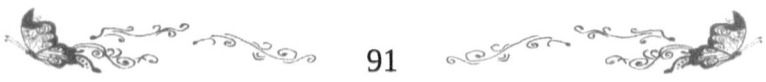

—Entonces, ¿sí me quieres?

—Te quiero y te detesto. ¡Maldito el día en que empecé a mirarte con otros ojos! Eres el ser más despreciable que hay sobre la tierra —Estas palabras brotaron desde mi interior con tando odio que hasta yo misma me asusté.

—Pues lo siento mucho por ti, porque yo nunca te quise. Siempre tuve un propósito, ahora cállate y duerme.

Él abrió la puerta y se marchó dejándome con las palabras en la boca, porsupuesto sin olvidarse de echar la llave y posteriormente cerciorarse de que la puerta estaba bien cerrada. Me sentía tan angustiada, aterrada e indefensa que sabía qué iba a hacer. ¿Qué tendría planeado para mí?

II

Un encierro eterno

Llevaba alrededor de un mes encerrada, Federico no me había vuelto a dirigir la palabra. Se limitaba a pasarme tres pequeñas raciones de comida por debajo de la puerta y a observar cada uno de mis movimientos mientras me bañaba.

Me observaba con una mezcla de duda y perversión. Mientras tanto, cada día sentía más asco hacia él, mi deseo por escapar aumentaba y mi temor se mantenía como el primer día.

La única distracción era una vieja televisión que funcionaba cuando quería. Muy a menudo veía en las noticias datos sobre mi desaparición, pero en ningún momento decían si tenían alguna pista de mi paradero o del niño.

—Noticia de última hora —rezaba la presentadora de las Noticias —Los integrantes del grupo musical de moda TH, se movilizan en busca de la chica desaparecida. En breves instantes escucharemos la entrevista que nuestra amiga y reportera del Canal Nueve les ha realizado.

Una oleada de sentimientos y esperanza me recorrió todo el cuerpo cuando, por unos segundos, pude ver la imagen de Gustavo en esa vieja televisión. Tan guapo como siempre, su pelo moreno, su piel clara…

En su mirada se reflejaba una inmensa tristeza. Sentimientos enterrados en mí, volvieron a florecer. Sentí una fuerte necesidad por escuchar de sus labios las palabras «Te amo», al mismo tiempo que me rodeaba entre sus brazos.

—Buenos días, chicos —Los saludó la reportera muy efusivamente.

—Buenos días —Respondieron ellos un poco desconcertados.

—Antes de nada, me gustaría felicitaros por vuestro éxito, estáis subiendo como la espuma —La reportera sonríe, antes de continuar —La noticia sobre la chica secuestrada es terrible pero a vosotros ¿qué es lo que os ha llamado de esta causa para movilizaros tanto? ¡Lo hacéis por marketing, so…!

—Lo único que nos interesa es recuperar a Abril con

vida. Ella es una persona especial que tuvimos la oportunidad de conocer hace ya un tiempo y estamos angustiados por no tener ninguna noticia sobre su paradero. —Dijo Andy de muy mala manera, enfadado e intentando que la reportera dejase de atosigarlos con tantas preguntas.

—Entonces… podría decirse que es algo personal —Dijo ella insistiendo para sonsacarles más información.

—Desde luego, es nuestra amiga y haremos todo lo posible por encontrarla —Sentenció tajantemente Andy. En ese momento el cámara estaba enfocándole a él directamente, aún así pude apreciar la tristeza en el rostro de todos mis amigos.

Las lágrimas acudieron a mis ojos, me querían y estaban dispuestos a encontrarme. ¿Lo lograrían? Gustavo no había dicho ninguna palabra, pero con solo mirarlo se le notaba triste y desmejorado, eso me entristeció. Sus ojos reflejaban un dolor tan profundo, que no pude evitarlo y terminé gritando a mi opresor.

—¡Maldita cucaracha, has escuchado las noticias, me están buscando y me encontrarán! —Grité cargada de rabia.

—No si te mato antes.

—Eres un maldito desgraciado —Grité sin temor a represalias.

Él se acercó con las llaves a la puerta para abrir pero en ese momento el teléfono de Federico empezó a sonar. El transcurso de la conversación me resultó demasiado extraño. Únicamente escuchaba las palabras de mi captor, las cuales no resultaron nada reveladoras.

—Buenos días, Cobra ¿cómo va todo? —dijo él moviéndose de un lado a otro.

—…

—Sí, lo vi en las noticias, pero no sé qué hacer —dijo un poco intranquilo.

—…

—Estás pidiendo demasiado. El trato fue mantenerla encerrada —dijo él entre tartamudo y asustado.

—…

—Nunca se dijo que tendría que matarla. Si hubiese sido así, no habría aceptado —Gritó él entre-cortadamente.

—…

—Si lo prefieres te devuelvo tu dinero y asunto resuelto —Dijo poniéndose más tenso.

—…

—No, tranquilízate, intentaré darte más tiempo. La tengo encerrada y, de todos modos, no conseguirá escapar

—Dijo relajándose un poco.

Una y otra vez me pregunté quién sería la persona que se encontraba al otro lado del teléfono. Aparentemente era la persona responsable de mi situación.

Ahora sí que no entendía nada, pensaba que Federico me había secuestrado para tenerme a su lado y hacer lo que quisiera conmigo y de repente, resultaba que existía una tercera persona que era la responsable de mi secuestro, pero ¿por qué?

Por primera vez, me reconfortaba saber que mi opresor no tenía intención de matarme, pero no pude evitar sentir miedo por si finalmente decidiese hacerlo. En esos momentos solo me quedaba la esperanza.

Después de varios meses, Federico entró en la habitación, cerró la puerta y se sentó en la cama. Se pasó las manos por el pelo nervioso, esa actitud me puso muy nerviosa y no pude evitar ponerme alerta.

—¿Qué hago? ¿Cumplo las órdenes? —Dijo él pausadamente como si cada una de esas palabras pesaran.

—¿Qué órdenes? —pregunté asustada. Él levantó la mirada y buscó mis ojos.

—Tengo que terminar contigo —Su mirada suplicante se clavaba en mis pupilas a la espera de una respuesta. Se hizo un breve silencio, cuando comencé a hablar, la voz

me temblaba.

—No quiero morir, pero si me vas a matar, al menos dime quién es el que está detrás de todo esto, necesito entender por qué a mí —Las lágrimas amenazaban con salir, aun así conseguí preguntar mis dudas.

—Si me decidiese a matarte, ya pensaría si contártelo o callar. —me miró seriamente, se le veía muy preocupado e indeciso —Este no era el plan, solo debía mantenerte encerrada —Dijo pasandose las manos por el pelo.

—¿Por qué haces esto? ¿Es por dinero?

—No. La felicidad de un ser querido depende de mí —Mientras decía estas palabras, tenía una mezcla de sentimientos que no fui capaz de diferenciar.

Dicho esto, se levantó y se marchó. En tantos meses como llevaba conociéndole, era la primera vez que me trataba como a una persona, aunque sinceramente no entendía lo de la felicidad de un ser querido. ¿Que tenía yo que ver en eso?

En las noticias no decían nada nuevo, pero seguían mostrando imágenes de mis amigos trabajando en mi búsqueda. Aparecían Drella, Gustavo y una chica a la que no conocía, se les veía nerviosos. La chica misteriosa era muy guapa, supuse que era la esposa de Gustavo.

Quise odiar a la esposa de Gustavo y a su niña, pero

no pude. La vi tan afligida, preocupada y aunque seguramente si supiese que yo amaba a su marido, su preocupación no existiría. Pasadas unas horas, obtuve la confirmación a mis dudas.

Esa mujer era la esposa de Gustavo, ella hablaba pidiendo a mis opresores que no me hicieran daño y me liberaran. En la parte inferior de la televisión, pude leer: «Mónica Montero Montilla, esposa de Gustavo Gaona Montilla primo del cantante del grupo TH».

Él se había casado y lo comprendía perfectamente. Si él la había elegido es que en el fondo sería una gran mujer, buena, dulce… y, además, hermosa. A su lado yo me sentía como una insignificante mota de polvo. Quise tanto alegrarme por él, felicitarlo por su familia y desearle que fuera muy feliz.

Saber que nunca estaría junto a mí, que no me amaría como lo amaba yo a él, me hacía sentirme tan desdichada…

El dolor me iba desgarrando poco a poco y sentía que no quería seguir viviendo, no sin él, no encerrada por un loco que cumplía órdenes de a saber quién y por qué.

—Buenos días a todos, quiero hacer un llamamiento para que todo el mundo se movilice con nuestra causa. Abril, la chica que aparece en pantalla, ha sido secuestrada. Les suplico que nos ayuden a recuperarla. No les pido que se pongan en peligro, solo quiero

información, cualquier pista de su posible paradero. Si alguien me lleva hasta ella, será recompensado con cien mil euros —Dijo Andy decaido.

12

Noticias y más noticias

Al día siguiente, cuando desperté, sentí un calor sofocante. Notaba el aire muy cargado y un fuerte dolor de cabeza que me desorientaba. Cada segundo que pasaba sentía más dificultad para respirar. Fuera de la habitación había un gran alboroto: gritos, golpes y… ¿explosiones? Estaba claro que algo estaba sucediendo.

Escuché estornudar a Federico, lo llamé varias veces sin éxito. Estaba mareada y ya apenas podía respirar. Como pude me levanté y me dirigí al baño. Al abrir la puerta, una enorme llamarada penetró en la habitación provocando que todo comenzara a arder.

Las paredes del baño habían desaparecido y no había rastro de Federico. Corrí entre el fuego hasta la entrada. Una vez fuera, rodé sobre la tierra para apagar las llamas que me envolvían.

Aparentemente las quemaduras eran bastante graves o al menos eso creí porque el dolor era insoportable.

Con mucha cautela, observé los alrededores de la cabaña por si mi captor estaba observando cómo el fuego iba consumiendo la, pero su coche no se encontraba por ninguna parte.

Caminé durante horas en busca de ayuda hasta que finalmente, a lo lejos, vi el automóvil del guardabosques. Sin pensarlo, comencé a correr para pedirle ayuda, pero enseguida las quemaduras de mi cuerpo me obligaron a reducir el paso.

Según me acercaba al hombre, su cara iba formando una mueca asustada.

—Hola, disculpe.

—¿Qué te ha pasado, muchacha? ¿Estás bien? —me cortó el hombre preocupado, mientras me miraba de arriba abajo.

—Yo soy… —Intenté hablar pero él me lo impedía cada vez que lo hacía.

—Sí, sí eres Abril, la chica desaparecida. ¿Estás bien?

—Sí, sí. La cabaña donde estaba retenida se ha incendiado y he podido escapar, pero temo que me encuentren —Dije temblando

—Tranquila, ya estás a salvo. Te llevaré al hospital

para que te curen, avisarán a la policía y a tus amigos. —
Dijo él intentando tranquilizarme.

—Gracias, muchas gracias, señor es usted mi salvador
—Dije entre balbuceos y con mucho miedo.

Al llegar al hospital, no pasé desapercibida, todos me
reconocieron. Rápidamente unos enfermeros me tumbaron
en una camilla y atendieron mis quemaduras. A pesar de
todo, no podía dejar de pensar: « ¿Quién será Cobra? ¿Por
qué me mandó secuestrar y posteriormente matar? »

Dando vueltas a esos pensamientos, me quedé
dormida. Desconozco cuánto tiempo fue el que dormí pero
al despertar vi a Gustavo observándome con esa mirada
tan dulce de siempre.

—Hola, Abril. ¿Qué tal te sientes? —Dijo dulcemente
a la par que mostraba una dulce sonrisa.

—Muy cansada, pero quiero irme de aquí.

—Aún tendrás que esperar para que los doctores te
den el alta

—No, por favor, que me trasladen a otro lugar, él
podría regresar —dije asustada.

—No te preocupes, ahora ya estás a salvo. No me voy
a separar de ti ni un momento. —Él me agarro de la mano
para intentar que me relajase. Me sonrojé ligeramente.

—Pero tu esposa y tu hijo te... —Me cortó él sin dejarme terminar.

—¿Esposa? ¿Qué estás diciendo? No tengo ninguna esposa, ni tampoco un hijo —Dijo él bastante desconcertado.

—¿Cómo que no? Drella me dijo que te habías casado, y en las noticias dijeron que esa chica que salía era tu esposa —Dije incrédula.

—¿Drella te dijo eso? —Dijo él muy serio y bastante extrañado —Es verdad que Mónica intentó de mil formas volver conmigo, pero no quise. Tampoco soy el padre de esa niña. Mónica fue mi novia, pero duró muy poco tiempo y no llegamos a tener relaciones.

—No entiendo... Entonces, ¿por qué Drella me mintió? —Una mezcla de sorpresa, rabia y decepción se apoderó de mí.

—Mónica es la hermana de Drella, supongo que lo haría por ella. Pero desde luego no tenía ni idea, eso ha sido una jugada muy sucia —Dijo bastante molesto.

—No tenía por qué mentirme, se supone que es mi amiga —comenté bastante decaida.

—Lo sé, pero para ella lo más importante es su familia.

Dicho esto, un largo silencio se cernió sobre nosotros.

No sabía qué decir, ni cómo comportarme. Por más vueltas que le daba, de mi boca no brotaba ni una sola palabra. Él me miraba con esos ojos cálidos e inocentes que lo caracterizaban.

Una enfermera fue la que rompió la intimidad de ese silencio. Cruzó la habitación a toda prisa, cambió la bolsa de suero y la de medicamentos; por otras bolsas nuevas. Con la misma prisa, y sin ni siquiera decir una sola palabra, se marchó.

—Quizás no quieras aceptar que Mónica me está rondando con la intención de que volvamos a estar juntos pero te aseguro que eso no va a pasar nunca. No la quiero y no la voy a poder querer jamás —Me tranquilizó Gustavo sin apartar su mirada de la mía.

—Gustavo, no te molestes, pero son cosas tuyas y yo no tengo por qué saberlas ni opinar sobre ellas. No tengo nada que ver con todo esto.

—Pero es que yo quiero que tengas que ver. —Él me tomó de las manos y con su mirada me hacía sentía única —Abril, te amo, siempre te he amado y desde que te marchaste del concierto, no he vuelto a ser feliz —Dijo él perdiendo esa sonrisa que momentos antes me había regalado.

Me habría venido muy bien conocer sus sentimientos antes de marcharme del concierto. Seguramente, aquel día

cuando intentó hablar conmigo, era lo que quería decirme. Lamentablemente no le quise escuchar, sabía que me iba a marchar y no pensé en nada ni en nadie más. Solo quería irme sin tener que soportar más sufrimiento.

Inquieta, temerosa y sin ser capaz de responder, desvié la mirada hacia la ventana. A lo lejos se veía un campo de flores de colores y tamaños muy variados. Las mariposas jugueteaban alrededor de ellas mientras los pájaros cantaban alegremente.

El día era perfecto para salir a pasear, o quizás para ir de picnic. Una sonrisa inconsciente se me dibujó en los labios.

—Me preguntaba... Me preguntaba si querías ser mi novia —Las palabras de Gustavo terminaron por sacarme de mis pensamientos y, automáticamente, volví a nuestra conversación—. No te preocu...

—Gustavo, quiero ser tu novia.

—No tienes por qué tomar la decisión en est... —él siguió hablando ignorando mis palabras —¿Qué has dicho?

—Que quiero ser tu novia —Dije regalándole una sonrisa nerviosa.

Una oleada de risas descontroladas brotó irremediablemente de mis labios. Intenté dejar de reír,

pero me resultaba imposible.

Él se acercó a mí, se sento en el borde de la cama y me tomó de la mano. Apesar de sentir todo el cuerpo dolorido por las quemaduras por fin después de tanto tiempo, dolor y sufrimiento volvía a ser feliz.

13

El amor de mi vida

Unos días más tarde, una gran tormenta no permitía ver la luz del sol, parecía de noche a pesar de ser las diez y media de la mañana, pero para mí era el día más feliz de mi vida. Por fin me marchaba de El Ejido junto a mi novio y dejaba atrás todos los malos momentos. Gustavo me miraba con esa serenidad y dulzura que eran tan propios de su personalidad.

Sin mediar palabra, me tomó entre sus brazos y pude sentir el latido de su corazón tan acelerado, tan fuerte… En cierto modo, me dejó sin palabras. Así me sentía protegida y quería que jamás me soltase. Después de un largo rato, nuestro abrazo llegó a su fin, Gustavo me dio un tierno beso y nos marchamos hacia la parada del autobús.

Estuvimos esperando durante media hora, mientras

nos empapábamos, hasta que llegó el autobús. Finalmente tuvimos que tomar la decisión de pasar la noche en algún hotel de la zona, lo cual me ponía realmente nerviosa, parecía estar atrapada en ese lugar.

Después de un cálido baño y ropa seca, pude volver a entrar en calor. Gustavo pasó a bañarse y yo me metí en la cama.

—¿Puedo dormir contigo? —preguntó Gustavo tímidamente.

Vacilé durante unos instantes, pero finalmente le hice hueco en la cama. Sin decir nada más y con los nervios a flor de piel, intenté dormir. Cerré los ojos, sentí el peso de su cuerpo sobre mi espalda y su brazo sobre mi cintura. Durante toda la noche, dormimos fundidos en un cálido abrazo.

A la mañana siguiente, emprendimos nuestro viaje, con escalas, rumbo a Los Ángeles. Caminamos hacia la estación, donde nos subimos a un autobús que nos llevaría hasta Almería.

Durante el transcurso del viaje, fuimos parando en diferentes pueblos para recoger a otros viajeros. Fui observando los carteles que había al entrar en cada uno de ellos. En la parada de Puebla de Vícar, subieron dos hombres bastante grandes que no paraban de mirarme.

Después de todos los acontecimientos que había vivido últimamente me puse muy nerviosa, por lo que bajamos en la siguiente parada. A unos metros de nosotros paró un coche del que bajaron cuatro hombres que no tardaron en llegar a nuestra posición. Los dos sabíamos que algo iba mal.

Dos de los hombres se colocaron junto a Gustavo mientras le apuntaban con un arma que tenían escondida en la chaqueta, otro de ellos me sujetó muy discretamente del brazo y el último se colocó delante de nosotros. «Caminad y subid al coche, o estáis muertos».

Una señora que había bajado en la misma parada, sacó el móvil del bolso, lo que hizo que por un segundo creyésemos que tendríamos una oportunidad de escapar, pero esta se montó en el asiento del copiloto. A través de la ventana bajada, pudimos escuchar unas breves palabras que hicieron que se me erizara el vello del cuerpo.

—Cobra, los tenemos —Dijo ella con mucha seguridad. Nuevamente ese maldito nombre volvía a ser parte de mis problemas.

Al escuchar estas palabras, supe inmediatamente que me habían encontrado. Los momentos de sufrimiento y el infierno que creí haber dejado atrás aún no habían terminado y lo peor de todo es que no consegía entender por qué precisamente a mí. ¿Qué querían de mí? ¿Quién era Cobra? Las dudas se mezclaban con el temor, cuando

íbamos a subir al coche, con nosotros solo se quedó uno de los hombres. Gustavo me dio la mano. Ellos, al ver que Gustavo me tomaba de la mano, se echaron a reír. Yo sentí nervios, era la primera vez que Gustavo me tomaba de la mano con tanta firmeza. En su mirada podía verse ira, mucha ira.

Mientras ellos se burlaban y reían, Gustavo derribó al que nos custodiaba. En ese momento vi a lo lejos un coche patrulla y supe que lo siguiente era correr lo más rápido que pudiese. Sin soltarme, tiró de mí y nos marchamos del lugar. Aún sentía todo mi cuerpo dolorido, con cada uno de los pasos que daba aumentaba el dolor.

En un intento por despistarles, entramos en un local cuyo cartel ponía: Papelería Melo. Aún sabiendo que no venden pegamento para ratas, le pedí un bote a la dependienta, quien, como era de esperar, me dijo que no tenían dicho producto.

Una vez recuperamos el aliento, nos marchamos por la puerta trasera, esperando haberlos despistado.

Sin dejar de correr, llegamos hasta la iglesia siguiendo el sonido de las campanas. A mitad de camino sentí como se abrian algunas eridas, el dolor estaba resultando demasiado intenso pero no dije nada porque teníamos que escapar a toda costa. Una vez allí, Gustavo me dijo que le esperara dentro mientras él buscaba alguna tienda y se hacía con provisiones para nuestra improvisada huíuda.

No tardó mucho en volver a mi lado, al mirarlo lo vi pálido y preocupado.

—Abril, ¡estás sangrando! —Dijo él muy asustado.

—Sí, perono te preocupes estoy bien —Dije mostrando una sonrisa

—¿Cómo que tranquilo? —Dijo él inquieto pasándose una y otra vez las manos por el pelo.

—Estoy bien de verdad. Lo que pasa es que algunas de las quemaduras están sangrando un poquito —Dije intentando transmitirle un poco de tranquilidad.

Esperamos en la iglesia hasta que cayó la noche y fue entonces cuando el sacerdote nos pidió gentilmente que abandonáramos el lugar. Nos pusimos los gorros que Gustavo había comprado y empezamos a caminar en busca de una parada para coger el autobús.

En esta ocasión el trayecto fue más tranquilo, pero nosotros continuábamos con el susto en el cuerpo. Tardamos un buen rato en llegar hasta la estación. Una vez allí, miramos los próximos autobuses y subimos en el que nos podía dejar lo más lejos posible.

—Mi amor, lamento muchísimo las dificultades por las que has tenido que pasar, pero te prometo que todo terminará y pronto irá todo muchísimo mejor —comentó él con esperanzas.

—No te preocupes Gustavo, tú no tienes la culpa. Siento que te veas involucrado en todo esto.

—No es culpa tuya. No te disculpes, lo volvería a hacer tantas veces como fuera necesario.

—Pero por ayudarme a mí, ahora también estas metido en todo esto. Si no fuese por mi culpa, seguirías con tu vida normal.

—Si no estuviese aquí, estaría preocupado por ti, así que estoy mejor estando a tu lado —se quedó pensativo un momento, con una sonrisa picara dibujada en su rostro — Además, mi vida siempre ha sido muy aburrida.

El trayecto hasta nuestro destino se hizo muy corto, ya que nos quedamos dormidos. Una vez estuvimos en la siguiente estación, sin pensarlo, nos subimos a otro autobús. El destino era un misterio.

—Dos billetes para la última parada —dijo Gustavo al chófer del autobús.

Durante otro largo rato estuvimos viajando. No sabíamos dónde nos encontrábamos, ni tampoco dónde íbamos, pero poco a poco iba sintiéndome libre otra vez. El conductor nos comunicó que estábamos en la última parada, bajamos sin saber dónde ir. Buscamos una tienda de ropa, un hotel para descansar y un bar para comer algo.

—Deberíamos preguntar a los transeúntes para

averiguar dónde nos encontramos, ¿no crees? —dijo Gustavo.

—Creo que sería mejor buscar los carteles de información del pueblo —Dije temerosa de que alguien nos pudiese reconocer.

—Vale, pero antes comamos algo —dijo Gustavo tocándose la tripa.

El bar era muy pequeño y estaba muy mal iluminado. Vamos el típico local en el que si te ponen platos sucios no te das cuenta. La atención fue muy buena y cuando probé la comida me sorprendí muchísimo.

Había comido en innumerables ocasiones macarrones con tomate pero nunca había comido unos tan buenos. Una vez terminamos, dimos un paseo por todo el lugar intentando encontrar los carteles, pero desgraciadamente no localizamos ninguno. Lo único que quedaba era preguntar, como Gustavo había sugerido.

Él entró en unos baños públicos, mientras yo fui a la iglesia. Conforme me iba acercando a la puerta de entrada, se respiraba un aroma extraño. Cuando entré, aquel olor inundaba toda la estancia. Intentando no hacer ruido, caminé sigilosamente, cobijada por la penumbra del lugar.

Escuché el llanto de un bebé y a una mujer suplicando que le devolviesen a su hijo. Desde el lugar en el que yo me encontraba, conseguí divisar unas siluetas. Seguí

observando, ya que aunque los escuchaba hablar, no era capaz de distinguir en qué lengua lo hacían.

Después de un largo rato, terminé dándome cuenta de que en ese lugar se estaba llevando a cabo un rito satánico. En ese momento no pude evitar dar un pequeño grito al ver que estaban matando al bebé. No lo dudé ni un segundo más y salí corriendo lo más rápido que mis piernas me permitieron hasta el lugar en el que Gustavo me estaba esperando.

—¡Corre, Gustavo, nos tenemos que marchar de este lugar de inmediato! —Grité aterrada y temblando.

Él, sin saber por qué yo decía eso, corrió junto a mí para salir del lugar como le estaba pidiendo. Subimos a un taxi y nos dejó en la estación de autobuses más cercana. Una vez allí, le conté lo que había sucedido.

—Gustavo, creo que cuando me iba, me han visto —le comenté intranquila.

—No te preocupes, ya estamos lejos.

—Parece que tengo un imán para los problemas —dije sin poder contener las lágrimas.—Creo que no deberías venir conmigo, te pongo en peligro.

—No quieras alejarme de ti, porque sin ti el peligro es mucho mayor —Contestó él mirándome muy serio.

—¿Cómo vas a estar en peligro sin mí, si yo soy la que

te está metiendo en líos? Atraigo los problemas —Le respondí agobiada.

—Porque si no estoy junto a ti me muero de amor —dijo Gustavo clavando su mirada en la mía —Sin tu amor no puedo seguir.

Continuará...

Agradecimientos

Los que me conocen desde hace algún tiempo, sabrán que mi mayor sueño siempre ha sido llegar a ser escritora. Nunca quise publicar desde el inicio con editorial. Por desconocimiento mis dos primeros libros salieron con una pequeña editorial pero ahora que ya conozco un poco más sobre este mundo, por fin tenéis entre vuestras manos lo que siempre quise lograr.

Tengo que dar las gracias a todos los soñadores que desde dos mil doce me acompañan en esta aventura.

A Francisco Javier Vargas (mi novio) por aguantar mis sueños y estar en todo momento a mi lado.

Gracias a José Manuel Martín y María Virtudez Fernández (mis padres) y por supuesto a José Manuel Martín y Francicos Javier Martín (mis hermanos)

A Gema y Pili (mis amigas) las cuales siempre están ahí para todo.

Por supuesto a mis amigos y compañeros escritores con los que comparto mucho más que una afición, Javi carretero, Fran Cazorla, Domingo Torrente, Paula Chacón, Saray Santiago, Mar Montoya, Óscar Fábrega, María Orgaz, Etc.

Muchas gracias a la prensa y a todas las bloggeras que me ayudan diariamente a dar a conocer mi trabajo. Por supuesto también a las editoriales que patrocinan mi blog Éride Ediciones, La Galera, Ediciones Urano, Punto de Lectura, Montena, Nuve de Tinta, dÉpoca Editorial, y Grupo Planeta. Gracias por creer en mí.

Muchísimas gracias también a Amanda Cazorla mi correctora estilográfica, la cual ha revisado todo el texto minuciosamente.

Y ahora quiero agradecerte a ti que estás terminando de leer mi primera obra publicada en solitario. Por haber escogido mi historia entre tantas opciones. Muchísimas gracias a todos por vuestro tiempo.

Índice

1-Un lugar en el mundo..11
2-Una esperanza para continuar......................................19
3-Nuevas amistades..25
4-Viento primaveral..33
5-El amor llama a tu puerta..41
6-Confusión, miedo, terror...53
7-Nuevo destino...61
8-Falso amor...71
9-Buscando una salida...79
10-Socorro..87
11-Un encierro eterno..93
12-Noticias y más noticias...101
13-El amor de mi vida...109
Agradecimientos..119

Has leído

Un viaje inesperado

Conoce ahora

Un secreto peligroso

TRAICIÓN

Un secreto peligroso

Próximamente...

Este libro es el número:

Este libro se terminó de imprimir
en Almería durante Febrero de 2015

Quieres conocer

más titulos de la autora:

Tienes dudas, sugerencias, has
hecho una reseña de este libro,
quieres una entrevista, charlar con su
autora... Si es así escribe a:
marymartinoficial@hotmail.com
y con mucho gusto responderé a tu
pregunta.